ベリーズ文庫

コワモテ御曹司の愛妻役は難しい
～演技のはずが、旦那様の不器用な溺愛が溢れてます!?～

冬野まゆ

STARTS
スターツ出版株式会社

目次

コワモテ御曹司の愛妻役は難しい
～演技のはずが、旦那様の不器用な溺愛が溢れてます⁉～

コワモテ御曹司の愛妻役は難しい
～演技のはずが、旦那様の不器用な溺愛が
溢れてます⁉～

プロローグ

二月最初の月曜日。

ふたりきりの会議室で、背中を壁に押しつけ身を低くする松浦紗奈は、視線をさまよわせる。そうすると視界の両端に、仕立てのいい紺のスーツの袖が見えた。

お洒落に興味のない紗奈でも知っているハイブランドの腕時計が右手首に巻かれているのを見て、腕の中に囲い込んで見下ろす彼が左利きであったことを思い出す。

（これが世に言う壁ドンというやつですか）

実年齢イコール恋人いない歴の紗奈としては、妙な感慨を覚える。

そんなことより、今はどうにかしてこの場を切り抜けなくちゃいけない。紗奈は鼻先までずり下がった眼鏡を押し上げ、目の前の男を見上げる。

シャープな顎のラインに高い鼻梁。奥二重の切れ長の目は鋭い眼光を放ち、相手を萎縮させるには十分な気迫が備わっている。

端整な顔立ちをし、上質な三つ揃いのスーツをまとう彼は、傲慢であることを隠さないどころか、それを誇りにさえ思っていそうだ。

どこかの国の王族と言われれば信じそうになるほどの存在感を放つ彼は、事実、紗奈の勤める古賀建設では王子様のような人なのだけど。

「部長……それは脅迫というものでは？」

もともとの身長差がある上に、紗奈が身を屈めているため、相手を見上げる姿勢になっている。

壁に背中を預けてそんな姿勢を取っている段階で、精神的には敗北を認めているようなもの。それでも抵抗を試みる紗奈に、彼、古賀悠吾は意地の悪い笑みを浮かべる。

「これは交渉だ。私に脅されていると思うのであれば、人事にでも訴えればいい。ただその場合、君は自分が会社の規則違反をしてアルバイトをしていたことを打ち明ける必要が出てくるがな」

「うっ」

痛いところを突かれて、紗奈が言葉を詰まらせると、悠吾は器用に片方だけの口角を持ち上げる。

「さてここで話を本題に戻そう。訳あって私は自分の恋人役を演じてくれる女性を探している。そのための出費は惜しまないつもりだ。対する君は、他人になりすますのがうまい上に、金に困っている」

「べつに、好き好んで他人になりすましていたわけじゃないです。あれには、深い事情が……。それに我が社では副業が認められておりませんから」

その理由は、さっき話したではないか。

紗奈がしどろもどろで訴えても、彼が聞く耳を持つ気配はない。

「安心しろ。バレても私が責任を持って握りつぶしてやる」

口元には笑みを浮かべたまま、無言の迫力で紗奈に『Ｙｅｓ以外の返事は聞く気がない』と語りかけている。

これはもう立派なパワハラではないかと思うのだけど、人事部に訴えたところでまともに取り合ってはくれないだろう。なにせ彼は、この古賀建設の創業経営者一族の御曹司なのだから。

そしてそんな彼が『握りつぶす』と宣言している以上、紗奈がこのバイトを引き受けても、それを理由に罰せられる心配はない。

古賀建設からもらう給料だけでは解決しようのない金銭的問題を抱えている紗奈にとって、これは渡りに船の話とも言える。

紗奈は、こちらを見下ろす悠吾の顔をマジマジと眺めた。

古賀悠吾。年齢は確か、今年二十五歳の紗奈より五歳年上の三十歳。その若さで彼は、大手ゼネコンのひとつに数えられている古賀建設で経理部長を任されるかたわら、デジタル推進部の統括取締役を兼務している。

昨年末まで社会勉強のために他社で研鑽を重ねており、古賀建設に戻るなりの大抜擢である。

その情報だけを切り取ると、現社長の孫である彼が家柄だけで今の役職を与えられている印象を受けるが、決してそんなことはない。

かなりの切れ者で、確かな経営手腕を持っている。

そして悠吾の父親が婿養子のため、社内では、現在古賀建設の専務を務める父親を追い抜いて、彼が次の社長の座に就くのではないかと噂されている。

経済誌などで〝建設業界の王子様〟ともてはやされることも多い彼に恋い焦がれている女性は社の内外問わず数多くいると聞く。

（つまり、この先も長く古賀建設で働きたいのなら、間違っても敵に回しちゃいけない相手……）

「私なんかに頼まなくても、古賀部長の恋人役を務めたい人は大勢いらっしゃると思いますよ」

そう粘ってみるけど、相手は心底嫌そうに顔をしかめるだけで、納得してくれる様子はない。

「喜んで引き受けるような人間に頼んだら、その後が面倒だろう」

「……ごもっともです」

喜んでお引き受けした後は、さらにお近付きになろうとするだろう。

その面倒を回避するためにも、お金で紗奈を雇った方が便利と思っているようだ。

しばらく逡巡（しゅんじゅん）した紗奈は、ため息をついて覚悟を決める。

「わかりました。部長のご依頼を受けさせていただきます」

「よろしく頼む」

その言葉に、悠吾は男の色気を感じさせる艶（あで）やかな表情を浮かべる。

なんとなく自分が判断を誤ったのではないかと思いつつ、紗奈は十日ほど前の一件を思い出す。

親友のお願い

一月最後の土曜日。

仕事が休みだった紗奈は、繁華街のカフェで高校時代の友人である飯尾香里と待ち合わせをしていた。

友人を待つ間、手持ち無沙汰からスマホで検索を繰り返すのは、関西にある有名医大の名前だ。

キャンパス内の写真に、周辺環境の情報、在学生のリアルなコメント。どれを見ても、これから始まる明るいキャンパスライフに心ときめくと共に、今まで以上に勉強を頑張る必要があると気持ちを引き締める。

といっても勉強を頑張るのは紗奈ではなく、この春に高校を卒業する弟なのだけど。

弟の慶一は、姉である紗奈が言うのは少々気恥ずかしいが、身内のひいき目を差し引いても、勉強ができる上に人を思いやることのできる素直でまっすぐな性格をしている。

将来内科医になりたいと話す彼は、医師には知識だけでなく咄嗟の判断力と体力も必要と、勉強のかたわらバスケ部で運動にも励んでいた。

勤勉で実直な性格そのままに、将来はいい医師になってくれるはず。

早くに病気で父を亡くし、仕事が長続きしない母のもと、経済的に不安定な環境で共に苦労してきた紗奈としては、弟の夢を経済面で支えていくつもりだ。

そのために大手ゼネコンのひとつである古賀建設に就職して三年、大学進学の際に借りた自分の奨学金の返済をすると共に、少しずつ貯えを増やしてきた。

おかげで、慶一の入学金や引っ越しに伴う初期費用は、借り入れをせずに工面できる。

「待たせてごめんなさい」

おっとりとした声と共に、テーブルに硬いものが触れる音がする。

顔を上げると、香里の姿があった。

この店はセルフタイプのため、先に購入してきたカフェラテをテーブルに置いた香里が、紗奈の向かいのソファーに腰掛ける。

その動きに合わせて、モカブラウンに染めた髪がふわりと揺れる。

常に美容を気にかけている香里は、明るい色の髪を綺麗にカールさせ、手触りのよさそうな白のニットに、ハイウエストで裾に凝った刺繍が施されているスカートを合わせている。ブーツやバッグなどの小物も同様で、派手さはないが上品で、お洒落へのこだわりを感じさせる。

メイクはベースメイクに眉を描くだけ。使い回しのきく無難なデザインの服を着て、ろくに手入れもせず伸ばしっぱなしの髪をお団子ヘアにしてごまかしている紗奈とは色々違う。

ついでに言えば、ふたりが身を置く環境も真逆と言える。

片親を早くに亡くし、厳しい経済状況の中育った紗奈と違い、父が会社経営をしている香里は裕福な家庭で育てられてきた。

お嬢様が通うことで知られる名門校に幼稚舎から大学まで通った彼女は、今はその父の会社で社長秘書を務めている。

そんな真逆のふたりがどうして友人になれたのかといえば、成績優秀だった紗奈は学費免除の奨学生として、高校だけ香里と同じ学校に通い、共に演劇部に所属していたからだ。

美人で華やかな香里は演者、地味でやぼったい紗奈は裏方専門と部内での役割は分かれていたが、そんなこと関係なく意気投合してすぐに仲よくなった。

紗奈は志望した学部の関係で別の大学に進学したが、高校時代の三年間で育んだ友情は社会人になった今も続いている。

「これ、慶一君の合格祝い」

そう言って香里は、ふたりの間にあるテーブルに大ぶりなショップバッグを置く。

キャンプ用品で知られるブランドのロゴが見える。

「えっ！　ありがとう。いいの？」

まだ国立大学の受験は残っているけど、模試の結果を考えると、そちらの合格は難しい。そんなことも話してあるので、少し早いけどお祝いを用意してくれたようだ。

感謝する紗奈に、香里が中身は薄手のパーカーとリュックだと教えてくれる。

「大介さんが、丈夫なリュックがあると便利だろうって言うから、それにさせてもらった。パーカーは大介さんからよ」

香里が言う〝大介〟とは、彼女の恋人の名前だ。

紗奈たちより三歳年上の彼は専門学校卒業後、イタリア料理の専門店で働き、料理の腕を磨きながら開店資金を貯めている。

ふたりの出会いは、香里が就職してすぐの頃に、彼女が当時大介が働いていた店をひとりで訪れたことに始まる。

食事をして店を出た香里が、しつこいナンパ男に絡まれているのに気付いた大介が割って入り、香里を助け出したのだ。そのトラブルが原因で大介は店をクビとなり、それを知った香里が責任を感じて連絡を取り交際へと繋がっていった。

その時の香里には、大介が白馬に乗った王子様のように見えたのだとよく話している。

彼とは紗奈も親しくしていて、強面で言葉遣いが少々荒いが、気さくな性格をしていることは知っている。

弟を連れて、香里と三人で彼が働く店に食事をしに行ったことが何度かあり、面識があるのでお祝いしてくれたようだ。

大介が恋人の友人の弟でしかない慶一にそこまでよくしてくれるのは、彼も紗奈たちと同じように片親の家庭で育ち、苦労してきたからだろう。

「大介さんからは『お洒落に興味ないなら、いい感じのパーカー羽織ってダサいのはごまかせ』って伝言を預かったわ」

自分の優しさを知られるのが恥ずかしいのか、いつも少し粗野な物言いで本音を隠して人を気遣う。そんな彼は、学校の制服を着なくなった慶一がなにに困るかを察してプレゼントを選んでくれたらしい。

「ありがとう。大介さんにもお礼を言ってね」

香里はそのまま紗奈に、慶一の近況も含めてあれこれ質問をしてくる。

「慶一は、合格をひとつもらえたけど、まだ国立の受験も控えているから勉強を頑張っているよ。私の方は、年明けに人事異動があって新しい上司が来たんだけど、そのせいで色々騒がしいかな」

紗奈の言葉に、香里は目をパチクリさせる。

「騒がしい？　仕事のできない人で、フォローが大変とか？」

香里の推理に、紗奈は左右の人さし指をクロスさせてバツ印を作る。

「本人はすごく仕事ができる人だよ。だけど存在が目立つせいか、外野が騒々しくて」

「外野？」

納得のいかない顔をする香里に、紗奈はどう説明しようかと考える。

「なんていうか、新しい上司を一言で表現するなら〝冷徹王子様〟って感じで、出世を目指す男性社員は取り入ろうと必死だし、女性社員は目がハート状態なの」

「なにそれ」

紗奈の説明に、香里は面白そうに笑う。

だけど本当にそうなのだ。

紗奈は大手ゼネコンである古賀建設の経理部に勤めている。そこに新しい部長として配属されてきた悠吾は、現社長の孫で専務の息子。

これまで社会勉強のため他社で働いていた彼は、自社に呼び戻され部長職を任されると共に、古賀建設が力を入れているデジタル推進部の統括取締役も務めている。

鳴り物入りで入社した悠吾に、周囲からは期待とやっかみが入り交じった視線が向けられていた。だけど彼の働きぶりを見るにつれ、周囲の眼差しからそういった偏見の色は消え、尊敬を集めるようになっていった。

しかも仕事ができる上に、イケメンで独身ときている。周囲の女性陣が放っておくわけがない。

本人は、そういったことは慣れているのか、いたってクールにそれらのアプローチをかわしている。

紗奈としては、そんな無愛想な男性のどこに魅力を感じるのか理解できないけど、その素っ気ない態度がまた魅力的だと騒ぐ社員も多い。

結果、ついたあだ名が〝冷徹王子様〟だ。

「そうなんだ」

紗奈の話に、香里は薄く笑い手元のカップに視線を落とす。

顔を合わせればお互いの近況報告をするのはいつものことなのだけど、紗奈は香里のその表情に深い陰を感じた。

「香里、どうかした？」

　違和感に気付いた紗奈が問いかけると、香里は小さく頷く。そしてこちらへと視線を向け、なにかを決意した顔をしている。

　彼女の表情を見て、紗奈も表情を引き締めた。

「あのね、大介さんにアメリカの有名レストランから引き抜きの話がきているの」

　大介が誘われているというレストランは、世界展開している有名店で、そこで働くことは彼の料理人人生において大きなプラスになるのだという。

「大介さんには、結婚して一緒についてきてほしいって言われているの」

　慶一の合格祝いを買いに行った時に、渡米の話を聞かされ、プロポーズを受けたのだと言う。

「そうなんだ。よかったね」

　音のない拍手でプロポーズを祝福したけど、すぐに大事なことに気が付く。

「香里のご両親は、ふたりの結婚になんて？」

　紗奈が胸に湧いた不安を口にすると、香里はカップを持つ手に力を込める。

　それでもう答えに察しがつく。

大企業の社長を務める彼女の父は、貧しい家庭で育ちレストランで働く大介では娘の相手には相応しくないと考えている。そのためふたりの交際には猛反対で、香里は親の監視の目をかいくぐって大介との交際を続けてきた。

そんな状況だから、彼女の両親が、快く娘を送り出してくれるなんてことはないだろう。

「両親に彼と結婚したいって話したら、父が激怒して……。今度こそ大介さんと別れさせて、私を他の男性と結婚させるって」

そのため外出の際には、お目付役がついてくるのだという。

「そんな……」

驚きつつ視線を巡らせると、少し離れた席でコーヒーを飲む男性の存在に気が付いた。香里の家に遊びに行った際に見かけたことのある顔だ。

一応の配慮なのか、かなり離れた席に座っているので、こちらの会話までは聞こえないだろう。

香里も、大介と会うことがないよう監視されているだけで、特別に行動の制限は受けていないのだという。ただスマホやパソコンも親が履歴を確認する徹底ぶりだそうだ。

「じゃあ、大介さんと連絡を取れずにいるの?」

お目付役に深刻な話をしていると悟られないよう、紗奈は、テーブルに頬杖をついて笑顔で聞く。

素早く頭を切り替える紗奈の態度に、香里は「さすが演劇部」と小声で感心する。

「私、演者じゃないし」

「そんなの関係ないよ。それに私の代役をしてくれたことあったじゃない」

素早くツッコミを入れるけど、香里にそう言い返された。

「二年の文化祭の時に一回だけね」

高校二年生の文化祭で、香里は主演を任され張り切っていたのだけど、不運にも本番前日に転んで骨折をしてしまった。その際、彼女と背格好が同じで台詞(せりふ)合わせの相手をしていた紗奈が急遽(きゅうきょ)代役を務めることになったのだ。

先輩たちが全力でメイクを施してくれたおかげで、観客は主役が入れ替わっていることに気付かなかった。

それ以前から紗奈と香里は顔立ちが似ていると言われることが多々あったけど、洒落っ気のない紗奈に自覚はなかった。でも変身した自分の姿を見て、その意見は正しかったと納得した。

「あの時の紗奈、すごく堂々としていて、私より上手に演じていたよ」

「そんなことないよ。あれは、私が引き受けないと皆が困るってわかってたから、必死で頑張っていただけで」

紗奈に役者としての素養があったというわけではない。本来役を演じるはずだった香里のことをよく知っていて、練習にも付き合っていたので、彼女の動きのものマネをしただけである。

「でも私のマネなら大丈夫だよね」

紗奈の言葉に、香里が返す。

普段の彼女らしくない強引なこじつけに戸惑いつつ、どこか切羽詰まった雰囲気に気負されて頷く。

「まあ、香里の喋(しゃべ)り方や癖(くせ)くらいなら、マネできるかな」

なんだか話が逸(そ)れている気がして、紗奈は話を戻す。

「そんなことより、大介さんと連絡取れないなら、私が伝言預かろうか？」

わずかに身を乗り出して、声を潜めて聞く。

香里は、紗奈の言葉に小さく首を振る。

「ううん。ゲームで連絡を取ってるよ」

そう答えて、紗奈の手を取り優しく撫(な)でることで、気遣いへの感謝を伝える。

「ゲーム？」

おうむ返しをする紗奈に頷き、大介の提案で、こういう事態に陥った時に備えて、以前からポータブルゲームのアプリ内にチャットルームを作っておいたのだと教えてくれた。

「ウチの両親はその辺うといから、今時のゲーム機がチャットできることに気付いてないの。だから監視をつけてスマホやパソコンをチェックしていれば、大介さんと連絡が取れないと思っているみたい」

パソコンまで監視の目を光らせる親も、ポータブルゲーム機までは考えが及ばなかったようだ。

紗奈の手を取った香里は、そのまま紗奈の指先に触れ、まるでネイルの話をしているような動きを見せる。

「なるほど。大介さん頭いいね」

紗奈の爪を指先でつつく香里は、紗奈のその言葉に誇らしげに頷く。

「でしょう」

その表情は、演技じゃないのが伝わってくる。

（本当に、大介さんのことが好きなんだな）

ふたりのことが大好きな紗奈としては、その姿を微笑ましく思うと共に、先行きが心配になる。

「これからどうするの？」

紗奈が気遣わしげな表情を見せると、香里が明るい表情を保ったまま言う。

「駆け落ちして、大介さんについていこうと思うの」

「えっ！」

突然の告白に、紗奈は思わず口元を押さえて声を出す。

すぐにお目付役がいることを思い出して、「そんなに安いの？」と、さもネイルの値段を聞いているフリをする。

香里は晴れやかな笑顔で、「嘘（うそ）じゃないよ」と答えた。

そして紗奈の手をしっかりと握り、爪の状態を確認するような仕草を取りながら続ける。

「それで、紗奈にお願いがあるの」

「なに？」

大切なふたりのためだ。自分にできることがあるなら、喜んで協力する。

そんなことを思い、前のめりで尋ねる紗奈に、香里がとんでもないことを言う。

「私の身代わりになってっ！」

「はい？」

「来週の土曜日、私の代わりにお見合いに行ってほしいの」

「えっ、そ、それは無理っ」

素っ頓狂な声をあげて、手を引っ込めようとする。だけど香里がしっかり手を掴(つか)んでいるので、それができない。

「身代わりの見合いって……、そんなのすぐにバレるよ」

声のボリュームを抑えつつ、切実な声で訴える。

「時間稼ぎさえしてくれれば、バレてもいいの。私はその日のうちに大介さんと一緒に出国するから」

「出国って……」

監視役の目があるので、顔だけはお互い笑顔を保ちつつ小声で言い合う。

「その日は、大介さんが日本を離れる日なの。両親はそれを知っていて、あえてお見合いの予定をそこに設定した。私が彼を追いかけられないようにするために」

紗奈の手を握ったまま、香里は早口に計画を説明する。

先方の希望により、見合いは親や仲人を同席させないラフな形式で行うことになっている。

見合いは昼食時なのだけど、香里は、朝から準備のためにとエステとメイクの予約を入れてあるので、紗奈にはそこで彼女と入れ替わり、見合いに赴いてもらいたいのだという。

「バレたらすぐに逃げてもらってかまわないし、お礼にお金を払うから、バイトと思って引き受けて。お願いっ！」

「お金の問題じゃなくて、そんなのすぐにバレるよ」

「相手は写真でしか私の顔を知らないの。私たちは顔のつくりも背格好もよく似ているから、大丈夫だよ」

見合い相手の男性は、政治家を輩出している由緒ある家柄で、特権階級意識を強く持っている、かなりのオレ様気質な人なのだとか。

香里自身、父の秘書として赴いたパーティーで、酔って会場のスタッフに暴言を吐く姿を見かけたことがあるという。

そんな男にもかかわらず香里の父は、有名政治家の子息こそ自分の娘婿に相応しいと考えていて、形だけの見合いが終われば、香里の意思に関係なく結婚へと話を進めるつもりでいるそうだ。

そんな話を聞かされれば、紗奈としてもどうにかしてあげたいと思うが、簡単に引き受けられるような内容ではない。

「そんなの無理だって」

唸る紗奈に、香里は「紗奈なら大丈夫」と、謎の自信を見せる。

というか、そう思い込みたいのだろう。

普段、物静かで冷静な彼女らしくない態度に、友人として辛くなる。

「……少し考えさせて」

断りきれずに、紗奈はそう答えて、四日後の仕事帰りに再び会う約束をした。

「ただいま……ッ」

香里と別れ、家族と暮らすアパートに戻ってきた紗奈は、リビングというより居間と呼んだ方がいい部屋に足を踏み入れてギョッとする。

この時間、予備校に行っているはずの慶一がうなだれて床に座り込んでいたのだ。

「慶一、どうしたの?」

「あ、姉さん……」

名前を呼ばれて初めて紗奈が帰ってきたことに気が付いた様子の慶一は、硬い表情のままこちらを見上げる。

「どうしたの？」

ただならぬ雰囲気を察して、弟と視線の高さを合わすべく床に膝をつく。

浮かない表情に、模試の結果が悪かったのだろうかと考えたけど、私学には受かっているので、ここまで落ち込む必要はない。

「姉さん、俺の予備校の授業料が滞納になっているの知ってた？」

「えっ？」

「引き落としできない状況が数ヶ月続いていて、母さんに電話しても連絡が取れないでいるんだって」

講師にそれを指摘され、滞納している授業料を支払うまで通わせるわけにはいかないと言われ帰ってきたとのことだ。

そんな事情だから、家に帰ってきても勉強が手につかなかったのだという。

「そんな……お母さんにはちゃんと生活費を渡しているし、お母さんだって、仕事しているんだから」

そう話しながらも、胸には不穏な思いがよぎる。

(最近、お母さんの姿を見ていないかも……)

しばし記憶を巻き戻して、ふと気付く。

同じ家で暮らしていても、紗奈は仕事が忙しく、夜の店で働く母とは普段から生活がすれ違うことが多い。

だとしても、ここしばらくの母は自分を避けているように思える。

「ウチ、そんなに生活苦しいの？　俺、進学諦めて働いた方がいい？」

慶一の深刻な声に、紗奈は慌てて気持ちを切り替える。

「バカなこと言わないでよ。お母さんだって一応働いてはいるし、古賀建設のお給料がいいのは、わかっているでしょ？　慶一は、ひとりでも多くの人の命を救えるお医者さんになりたいって立派な夢があるんだから、変な心配をせずに勉強を頑張ればいいのよ」

慶一のその夢は、父を早くに亡くした悲しみから来ている。同じ悲しみを知る紗奈としては、全力で応援をするつもりだ。

「だけど……」

「お母さんのことだから、引き落とし用の口座にお金の振り込みをし忘れているんじゃないかな？」

「だよね」

明奈の性格に少々問題があることを承知している慶一は、紗奈の言葉にあっさり納得する。

父の死後、楽観的な明るい性格をしている明奈は、悲観的になることなく自分たちを育ててくれた。それはいいのだけど、派手好きでお金にだらしなく、物事の後先を考えない傾向にあるので子供としては苦労も多かった。

ふたりが幼くお金がかかる時期でも、気に入らないことがあるとすぐに仕事を辞める上に、子供の成長に備えて貯蓄しておこうという考えがない。

それでも紗奈が働くようになってからは、経済状況はかなり安定しているはずだ。

「とりあえず、お姉ちゃんが滞納分の授業料は振り込んでおくから、慶一は明日からは普通に予備校に通って」

滞納分の振り込みを済ませば、明日からまた利用できるという。

小さい頃から経済的に苦労してきたため節約癖がついている身としては、手数料のかかる土曜日のＡＴＭ利用は避けたいのだが、今はそんなことは言っていられない。

紗奈は、ネットバンキングの口座を作っていないのでコンビニに行く必要がある。

バッグを手に立ち上がろうとして、さっき座った拍子に床に投げ出した荷物に目を留めた。

「そうだ。これ、香里と大介さんから」

「なに?」

「慶一の合格祝いだって」

その言葉に、沈みきっていた弟の表情が明るくなる。

うれしそうに受け取り、さっそく中身を確認して破顔した。

「これ、今すごく人気があるメーカーのだよ」

「大介さんが『お洒落に興味ないなら、いい感じのパーカー羽織ってダサいのはごまかせ』だって」

「なにそれ。当たってるけどムカつく」

年相応の小生意気さで笑い飛ばして、慶一はさっそくパーカーを羽織ってみせる。

そして自然な動きで、ポケットに手を入れて「あっ」と小さな声を漏らした。

「どうしたの?」

紗奈のその声に応えるように、慶一はポケットから手を出した。その手には、小さな封筒が握られている。無骨な字で『どんな分野でも、修行中は辛いものだ。頑張れよ』と書かれた封筒の中には、ネット通販サイトのギフトカードが入っていた。

「大介さん、からだよね？」

「だね」

大介の字は見たことがないが、流麗な香里の字とは異なるので間違いないだろう。

封筒を見つめて、慶一が鼻をグズグズ言わせる。

母の性格が災いして親戚との縁も薄い慶一には、手放しに誰かになにかを祝ってもらえる機会が少ない。だから大介からのエールが、特段の喜びになっているのだろう。

紗奈は弟の頭をポンポンと叩（たた）いて、大介がついに海外の有名レストランから引き抜きされたことを話した。

「そうなんだ。じゃあ、俺も大介さんが日本で店を出す頃には、立派な医者になれるよう頑張らないと」

大介の育った環境を知る慶一には、彼の引き抜きの話はいい励みになったらしい。

感情を立て直せたのが見ていてわかる。

「そのためには勉強を頑張らないと。お姉ちゃんは、ちょっとコンビニ行ってくるね」

そう言って今度こそ立ち上がる紗奈に、慶一が言う。

「でも大介さん、海外に行くなら香里さんはどうするのかな？」

何気ないその言葉に「ふたりで色々話し合っているみたいだよ」とだけ答えて、紗奈は家を出た。

コンビニに向かって歩きながら、改めて香里と大介にはぜひ幸せになってほしいと願った。

水曜日の決断と土曜日の遭遇

週が明けた水曜日の昼休み。

古賀建設のオフィスで、紗奈は自分の顔を押さえてうなだれていた。

「松浦ちゃん、今日もお昼は食べないの?」

そんな声に顔を上げると、向かいのデスクを利用している同期の小島みゆきが、パソコンの隙間からこちらの様子を窺っている。

「うん。ちょっと、ダイエット」

力なく笑う紗奈の言葉を「嘘つけ」と、バッサリ切り捨てる。

「松浦ちゃん、そんなに痩せているのにダイエットする必要なんてないでしょ。今週入ってから、一度もご飯を食べているとこ見てないよ」

そんなことを言いながらデスクを回り込んできたみゆきは、「よいしょ」と、紗奈の腕に自分の腕を絡めて立ち上がらせる。

「なんかよくわかんないけど奢るから、私の食事に付き合って」

同い年だけど姉御肌のみゆきは、そう言うと紗奈を引きずるようにして歩き出す。

いつまでもみゆきに引きずられているわけにもいかないので、自分でしっかり立って歩く。

「なんか心配かけてごめんね」

「私が好きで心配してるだけだよ。でも、悪いと思ってるなら、元気だしてよ」

みゆきは、そう励ましてくれる。

自分を気にかけてくれる存在が身近にいることが心強い。

「ありがとう」

お礼を言って、ふたりでエレベーターの前に立った時、ちょうど降下してきたエレベーターが紗奈たちのいる階で止まった。

「ラッキー」

みゆきは声を弾ませて、エレベータードアの前で仁王立ちする。でもドアが開くと、肩を跳ねさせて横に飛びのいた。開いたドアの向こう側に、自分たちの上司である悠吾の姿があったからだ。

「ぶ、部長、失礼いたしました」

みゆきは、姿勢を直して慌てて頭を下げる。

他部署の管理者とおぼしき数名の社員と共にエレベーターを降りてきた悠吾は、冷めた眼差しでみゆきを一瞥すると、言葉もなく横を素通りする。

同乗していた年配社員が小言を言いたげな顔をしたが、悠吾の背中を追いかけることを優先したのか、結局なにも言わずに終わった。

すれ違いざま、紗奈も悠吾たちに頭を下げる。

彼が自分の前を通り過ぎる時、甘いバニラとウッディーな香りが入り混じった重厚感のあるにおいが鼻腔を掠めてつい顔を上げてしまった。

その瞬間、ちょうど右手で髪を掻き上げた悠吾と視線が重なる。

左利きである彼の右手袖口からは、世界的シェアを持つ有名ブランドの腕時計が覗いている。

（あの時計一個で、慶一の学費の工面ができるんだろうな）

ここ数日あれこれお金のことで悩んでいる紗奈は、つい自分の立場を忘れて、悠吾の、正しくは彼の右手首に遠慮ない眼差しを向けてしまう。

それを不快に思ったらしく、悠吾は紗奈に露骨に嫌そうな顔をして通り過ぎていった。

「松浦ちゃんも、古賀部長に気があるの？」

一団を見送り、エレベーターに乗り込むと、みゆきがそんなことを聞いてくる。

「はい？　なんでそんな話になるのよ」

「だって、部長に熱い眼差しを送っていたじゃない」

「そんなわけないでしょ」

悠吾は一応は直属の上司だけど、紗奈たちの部署は二十人以上のスタッフがいるので、まだまだ下っ端の紗奈たちはろくに口をきいたことはない。

それに紗奈から見て、悠吾は別世界の住人だ。

憧れや、恋愛の対象にはならない。

「部長はライバル多いから、好きになると辛いよ。しかも近く、どこぞのご令嬢と婚約するらしいし」

「え、そうなの？」

みゆきは勝手に、紗奈が悠吾に好意を抱いている前提で話す。そのことにツッコミを入れたいのだけど、その後の話の方が気になった。

驚く紗奈に、みゆきは得意気にどこかで仕入れてきた噂話を披露する。

「古賀建設と肩を並べる建設会社の一族の人らしいよ。家族ぐるみのお付き合いがあって、相手が古賀部長に熱烈ラブコールを送ったことで縁談がまとまって、ふたりが結婚したらビジネスでも助け合っていくんだって」

そう言ってみゆきは、古賀建設と並んで大手ゼネコンのひとつに挙げられる東野組という建築会社の名前を挙げる。

もしその縁談がまとまれば、両社が様々な場面で業務提携していくのだという。

大手ゼネコン同士の結婚。それはいわゆる政略結婚というもので、それによってますます古賀建設は発展するということだろうか。

どこまでも別世界の話にしか聞こえない。

「普段の部長って、女性社員のアプローチを冷たくあしらって、恋愛なんか興味なしって感じだけど、プライベートでは違うのかな?」

どうにか絞り出した感想は、その程度である。

「確かに、あの冷徹王子様が女性相手に優しくしている姿なんて想像つかないよね。イケメン王子様は、どこまでも強気で、女性に媚びたりしないいんじゃない?」

紗奈の意見にみゆきが応じる。

紗奈も、なんとなくそんな気がする。

そんなどうでもいいことを話しながら食堂の席に着くと、みゆきが話を戻した。

「それで松浦ちゃんは、最近なにがあったの?　元気ないよ」

「えっと……ほら、弟の受験のことが心配で、あれこれ考えちゃって」

みゆきは紗奈が母子家庭なことを知っているので、その説明で納得してくれたようだ。

「弟君、私大は受かったんだけど、国立は今からなんだっけ？」

「うん。医大は、最低六年は通うから色々大変で」

そう説明をしたけど、紗奈の本当の悩みはそこではない。

先週末、授業料滞納の話を聞いた時から嫌な予感はしていたのだ。

心配をかけないよう、慶一のいないタイミングを見計らって母を問いただしたところ、店を訪れた客に騙されて、家の貯金を全て使い込んでいたことが発覚した。

本人は、親として慶一の進学資金を工面すべく試行錯誤したのだと言い訳していたけど、紗奈が聞く分にはとてもわかりやすい投資詐欺で、楽をして金儲けをしようとした結果としか思えない。

しかも紗奈に責められるのが嫌で、自分から打ち明けることをせず、慶一の授業料だけでなく家賃や公共料金も滞納していたのだ。

結果、金を預けた相手は完全に姿を消し、追いかけようもない。

嫌がる母をどうにか説得して日曜日に被害届を出したが、警察には持ち逃げされた金は戻ってこないと思った方がいいと言われてしまった。

せめてもの救いは、明奈が紗奈個人の貯金にまでは手をつけていなかったことだけど、自身の奨学金の返済を抱え、家に生活費を入れているのでたかが知れている。滞納していた諸々の支払いを済ませると、慶一の入学金の支払いまでは手が回らない。

それなら休日にバイトでも……と、考えなくもないのだけど、古賀建設は社員の副業を禁じていたはずだ。

それに紗奈が突然アルバイトを始めれば、慶一が心配して、進学を諦めると言い出しかねない。

目先の利益につられてバイトをして、職を失ったり、慶一に心配をかけてしまったりしては元も子もない。

あれこれ頭を悩ませ、自分にお金を使う気になれず二日ほど昼食を抜いていた。

とはいえ、そんな苦悩を打ち明けても、無駄に心配をかけるだけだ。だから弟の受験が心配で、食欲がなかったということにしておく。

「受験生がいると、悩みが尽きないよね。今度、合格祈願のお守り買ってくるね」

みゆきが言う。

「ありがとう」

そしてなりゆきでみゆきに奢ってもらったハンバーグ定食を食べていた紗奈は、かたわらに置いてあった自分のスマホが明滅していることに気が付いた。

見ると香里から『この前頼まれた本渡したいから、今日の帰りに会える?』と、メッセージが届いていた。

彼女とそんな話をした記憶はない。

親の監視を気にしてのことだと理解しているので、紗奈もそれに合わせた文面で仕事帰りに会う約束をした。


その日の夕方、定時で仕事を終えた紗奈は、香里と待ち合わせをしているカフェへと向かった。

お店にはすでに香里の姿があり、離れた席にはまたお目付役の男性の姿があった。

「待たせてごめんね」

奥にいるお目付役には気付かないフリで、香里の向かいに腰を下ろした。

「これ、話していた本」

「ありがとう」

わざとらしいくらい明るい声で言葉を交わし、本の受け渡しをする。

そしてすぐに小声で切り出す。

「香里の依頼、受けるよ」

「紗奈っ」

香里が表情を輝かせてお礼の言葉を口にする前に、紗奈は「ただ、条件がひとつあるの」と、会話を遮って続ける。

「その代わり、お礼は受け取らない」

その言葉に香里が目を丸くするけど、それが紗奈の出した結論だ。

もちろん今の家庭状況を考えれば、バイト料を受け取った方がいいのはわかっている。だけど、友情をお金に換えるようなことはしたくない。

「それを私からのふたりへの結婚祝いにさせて」

そう話す紗奈に、香里は瞳を潤ませつつ「駄目だよ」と、首を横に振る。

「もし私の親に入れ替わりのことを責められたら、その時は、詳しい事情を知らずにバイトとして引き受けただけって言い訳してほしいの。そのためにも、お金を受け取った証拠を残しておくべきだから」

香里はそう主張する。

彼女の父親の気性の激しさを考えると、確かにそういった予防線は張っておくべきかもしれない。

紗奈が黙ると、香里はそのまま自分の立てた作戦を説明していく。

そして結局は、彼女の主張に押し切られて、アルバイトとしてこの話を受けることになった。


土曜日。

前日に香里と同じ色に髪を染めて眼鏡をコンタクトに替えた紗奈は、エステが入っているビルで香里と落ち合った。

そこで彼女のスマホを受け取ると、香里の代わりにエステやプロのメイクを受け、タクシーで見合い会場であるホテルへと向かう。

父親がGPS機能で行動を監視しているスマホは、後で落とし物としてホテルのフロントに預けることになっている。

(プロのメイクってすごい)

ホテルに到着した紗奈は、黒い大理石の柱に映る自分の姿を見てしみじみと息を漏らした。

この日のために香里が用意してくれたワンピースは、白地に小さな花柄が散らされている上品なデザインのものだ。

香里が好んで着そうなワンピースを身にまとい、モカブラウンの髪をハーフアップに結い上げている自分の姿は香里そのものといった感じだ。

最初に計画を聞いた時にはすぐにバレると思ったのだけど、香里が懇意にしている美容師に『香里そっくりに見えるようメイクしてください』とお願いしたところ、本当にそのように仕上げてくれた。

遠目なら、紗奈自身、自分を香里と見間違えそうになる。

ちなみに美容師には、友達にドッキリを仕掛けると、そっくりメイクの理由を説明してある。

「これなら、少しの間くらい大丈夫かも」

自分を鼓舞して、待ち合わせ場所であるレストランに向かう。

その前に……と、フロントに立ち寄って、スタッフに声をかけた。

「すみません、落とし物です」

打ち合わせ通り香里のスマホを落とし物として預けようと、フロントスタッフに声をかけた時、「あれ？」と、どこか聞き覚えのある男性の声が聞こえた。

自分に向けられた声のような気がして、顔を上げて周囲を見渡す。

だけど見知った顔は見当たらない。ちょうどスーツをまとった長身の男性が三人、通り過ぎていく後ろ姿が見えるだけだ。

(私の知り合いが、こんな場所にいるわけないか)

さっきのは空耳だったのだろう。

紗奈は素早く思考を切り替えて、対応してくれたスタッフに香里のスマホを預けるとレストランに向かった。

そして香里として見合い相手と食事を始めてすぐに、紗奈は香里の判断が正しかったと理解していた。

「……それでその受付が、俺に順番待ちをしろって言うんだぜ。この俺に庶民と同じことしろって、なに考えているんだよって感じだよな」

相手の反応を気にすることなく、自分のペースで食事をしてワインを飲む彼に、紗奈は内心眉根を寄せる。

少し話しただけで、相手の男性が、自尊心が強く傲慢で他者を見下すタイプの人だということが伝わってきた。なかなかのオレ様気質ときている。

一方的に自分のことだけを話し、不意に会話が途切れたかと思うと、こちらにねっとりと肌にまとわりつくような眼差しを向けてくるのも不快だ。

ただ彼が、自分の話をするのに夢中で、紗奈に質問を投げることがないのはありがたい。おかげで、見合い相手が偽者だとは疑ってもいないようだ。

(こんな男、香里に相応しいわけがない。大介さんと大違い)

相手の話に合わせて曖昧に頷く紗奈は、こんな男性より大介の方が香里には相応しいと改めて思い知った。

香里の身代わりでなければ、一秒でも一緒にいたくないタイプだ。

そんな思いから、つい腕時計ばかり見てしまう。

気のない返事を繰り返し時間ばかり気にする紗奈の態度が面白くなかったのか、食事の途中にもかかわらず相手が「そろそろ行くか?」と声をかけてきた。

ちょうど香里と大介のフライト時間を過ぎたところなので、相手がそれでかまわないのなら、紗奈としては望ましい状況だ。

「じゃあ……」

帰りましょう。紗奈がそう言うよりも早く相手が言う。

「上に部屋を取ってあるから」

「はい?」

彼がなにを言っているのかわからない。

目をパチクリさせる紗奈を見て、相手が下品な笑みを浮かべて言う。

「結婚するなら、体の相性を確かめておく必要があるだろ」

その言葉に鳥肌が立つ。

「なに考えているんですかっ!」

ろくに相手を知ろうともせずに部屋に連れ込もうとするなんてありえない。

香里のフリをするのも忘れて、紗奈はキツい口調で言う。

すると相手の表情が険しくなる。

「はぁ? お前、誰を相手にものを言っているかわかっているのか? 俺に結婚してほしいなら、それ相応の態度ってものがあるだろ」

腹の底から怒りを沸き上がらせているような声だ。こちらを睨(にら)む彼が最後に「女のくせに」と吐き捨てる。

それが彼の価値観なのだ。

「失礼します」

香里からは、いざとなったら逃げ出していいと言われている。

なるべく穏便に済ませたかったのだけど、これ以上は我慢できない。

紗奈が立ち上がろうとした時、相手が拳(こぶし)でテーブルを叩いた。

その勢いで揺れた食器やカトラリーがぶつかり合って、硬質な音を立てる。

周囲の目がこちらに向けられているのが、見なくてもわかる。

「俺に恥をかかせておいて、このまま無事に帰れると思うなよ」

脅しのような言葉と共に鋭い眼差しを向けられて、背筋に冷たいものが走る。

今すぐこの場を立ち去る気でいたけど、ひとりになったら、この男になにかされるのではないかと怖くなる。

紗奈のそんな怯えを見抜いたのか、男がいやらしく笑う。まるで紗奈の考えていることが、正解だと言っているような顔だ。

「……ッ」

「痛い目に遭いたくなかったら、俺の言う通りにしておけ」

テーブルを回り込み、男が紗奈の手首を掴んで立ち上がらせようとする。

彼に命令に従っても、ろくな結果にならないのは明白だ。

せめてもの抵抗に、もう一方の手で椅子の手すりを掴んで、抵抗の意思を示す。

「ふざけるなよクソ女っ」

紗奈の態度に男は歯軋りをして、掴む手に力を込める。

(痛っ!)

骨が軋むような痛みに、思わず泣きそうになる。

誰かに助けを求めたいのだけど、どう助けを求めればいいのかがわからない。

明確な暴力とまではいかないためか、カップルの痴話げんかと思われているのか、周囲は静観している。

でもなにかされた後では遅いのだ。

紗奈が苦痛をこらえていると、不意に肩に人の手が触れた。

その温もりを感じるのと同時に、どこか覚えのある上質な香りが鼻腔をくすぐる。

「どうなるか、教えてもらいたいものだなな」

どこでかいだ香りか考えていると、背後から艶のある声が響く。

特徴的な香りと、聞き覚えのある声、そのふたつを重ね合わせると、ある人物の顔が思い浮かぶ。

嫌な予感を覚えながら恐る恐る自分の後ろを確認して、紗奈は目を丸くする。

「こ……」

古賀部長——という驚きの声は、すんでのところで呑み込んだ。

(どうして部長がここに)

そう驚く反面、漂う香りや声に覚えがあったことに納得がいく。

それにフロントで聞き覚えのある声を耳にした気がしたのも、今になって思えば悠吾のものだったように思う。

混乱と緊張ですぐには声が出てこない。

目を大きく見開き硬直する紗奈にかまうことなく、悠吾はかばうように紗奈の肩を引き寄せ相手を睨む。

その鋭い眼差しに、一瞬男が怯んだのがわかった。

けれどすぐに気持ちを立て直し、悠吾を睨み返す。

「あ？　お前、誰だよ？　庶民のくせに口を挟んでくるんじゃねぇ」

微かに声をうわずらせる男の言葉に、悠吾が「庶民？」と鼻で笑う。

「おいっ！　お前、俺を誰だと思っているんだ。俺はなぁ……」

高圧的な男性の言葉を制するように、悠吾は彼の父親が所属する政党や役職を淀みなく口にする。

「ああ、そうだが……」

さらさらと全てを言い当てられてたじろぎつつ、視線でお前は誰だと問いかける。

そんな男に、悠吾が冷めた口調で言う。

「古賀建設の古賀悠吾だと言ったら？」

それを聞いて、男の顔から一気に血の気が引く。

「あ……あの……その……」

男は、口をパクパクさせ、うわごとのように要領を得ない声を漏らしている。

その姿を見て、悠吾は冷ややかな笑みを浮かべる。

オフィスで見かける〝冷徹王子様〟そのままの冷めた態度で言い放つ。

「次の選挙以降も父君に政治家でいてほしいのなら、非礼を彼女に詫びて、さっさと立ち去れ」

有無を言わせない気迫のこもった声に、相手は勢いよく頭を下げた。

「古賀建設のご子息とは知らず、大変失礼なことを……」

「私のことはどうでもいい。彼女に謝罪しろと言っているんだ」

指摘を受けて男性は、再度深く頭を下げて言う。

「飯尾香里さんにも、軽率な振る舞いをし、申し訳ありませんでした」

「飯尾？」

背後の悠吾が、ポツリと呟く。

でも紗奈がそれを気にする暇もなく、男性は椅子に足を引っかけながら慌ただしい勢いで逃げていく。

「大丈夫か？」

呆然とする紗奈の顔の前で、悠吾が手をヒラヒラさせる。

プライベートな時間のためか、紗奈を気遣う彼の態度には、普段のような尖った様子はない。先ほどの男性に向けていた険のある雰囲気も消え去っている。

「あ、ありがとうございます」

頭がうまく回らないまま、紗奈はお礼を言う。

よくわからないが、さっきの鼻持ちならない政治家の息子より、悠吾の方が権力があるということなのだろう。

古賀建設が大手ゼネコンのひとつに数えられていることは理解している。だけど紗奈が思っていた以上に、古賀建設の社会的影響力は大きいらしい。

（それなら、こんな形になっちゃったけど、香里の家に迷惑をかけることはないよね）

そっと胸を撫で下ろしていると、悠吾が紗奈の鼻先に手を差し出す。

「事情はわからんが、とりあえず家まで送ろう。君は……」

悠吾の言葉に、紗奈はハッと息を呑んで立ち上がる。

自分の正体がバレる前に、このまま立ち去った方がいい。

「助けていただきありがとうございます。名乗るほどの者ではありませんので、これで失礼いたします」

これは助けてもらった側の言葉ではないと、冷静な部分で自分にツッコミを入れつつ、紗奈は一礼をすると大急ぎでその場を離れた。

契約恋愛の始まり

「松浦ちゃん、なんか今日、髪がツヤツヤだね」

月曜日の古賀建設のオフィスで、先輩社員に頼まれた資料を会議室に運んでいた紗奈は、隣を歩くみゆきの言葉に肩を跳ねさせた。

「そ、そうかな？」

声がうわずらないよう注意しながら答える。

納得がいかないのか、両手で資料を抱えるみゆきは紗奈の前に回り込み、ぐいっと顔を寄せてきた。

今日の紗奈は、いつも通りに眼鏡をかけて、黒髪をお団子ヘアにまとめている。

「なんか、肌もすべすべしてない？」

みゆきの言葉に、背筋に嫌な汗が伝う。

「シャ、シャンプー替えたからかな？　ついでに化粧水も」

作り笑いで紗奈が声を絞り出すと、みゆきはなるほどと頷く。

「じゃあ、後でＵＲＬ送って。なんかすごくいい感じだよ」

そのままクルリと体の向きを変えて歩いていくので、紗奈は内心胸を撫で下ろしてそれに続く。

みゆきの背中を追いかけながら、上目遣いになって前髪が黒に戻っているのを確かめる。

一昨日の土曜日、香里のフリをして見合いをした際に少々危ない目に遭い、偶然居合わせた悠吾に助けられた。

その時は動揺のあまりろくにお礼も言わずに逃げ帰ったのだけど、出迎えた弟が、紗奈を香里と勘違いして驚く姿を見て冷静さを取り戻した。

見合い相手の失礼な男は紗奈のことを『飯尾香里』と呼んでいたし、悠吾の部下は多い。だからいつもとは違う装いをした紗奈のことを自分の部下だとは認識していないはず。

香里に似せるために染めた髪を黒に戻し、眼鏡をかけていつも通りのお団子ヘアにしていれば気付かれることはないだろう。

そう思い直して、休みの間に髪を染め直して今に至る。

案の定、今朝顔を合わせた悠吾はいつもと変わりなく、声をかけられることはなかった。

香里からも大介のアカウントで、日曜日の午後には無事に目的地に着いたとの連絡があった。彼女の実家は少々騒がしくなっているらしいけど、悠吾が見合い相手を脅してくれたおかげで、紗奈が入れ替わったことについて追及される気配はない。

一度は断った香里からバイト代を受け取ったことで、弟の入学金の目処もたった。まだその他の費用をどう工面するかは悩み中だけど、ひとつの山は越えることができたといえる。

(そう考えると、あの時、部長にもっとちゃんとお礼を言っておけばよかった)

とはいえ、今さら香里に化け直してお礼を言うわけにもいかないので、そのことは深く考えないでおく。

先を歩くみゆきが目指していた会議室に到着し、ドアをノックして声をかける。返事があったのだろう。みゆきは「失礼します」と、中へと入っていく。

(せめてものお礼に、今まで以上に仕事を頑張ろう)

気持ちを引き締めて、紗奈も会議室に入る。そして中を見て、思わず息を呑んだ。

悠吾がひとりで作業していたからだ。

なにかの調整をしていたのだろう。演台の前に立つ彼は、正面のスクリーンに映る画像に目を向けながらパソコンを操作している。

「ご苦労様、そこに置いておいてくれ」

悠吾は、視線で資料を置く場所を示す。そのついでにこちらに視線を向けて、初めてみゆきと紗奈の顔をまともに見た。

なにかを考えるように数回瞬きをした悠吾は、みゆきと紗奈を見比べて言う。

「えっと……小島君と、松浦君でよかったかな?」

「はい」

彼のその質問に、ふたりが声を揃えて頷く。

これまで挨拶程度に言葉を交わしたことしかないので、ついでに名前の確認をしたいようだ。

(私の名前もうろ覚えなんだから、土曜日のことは絶対にバレないよね)

紗奈は悠吾の目を見つめたまま、内心でガッツポーズをする。

「松浦君、悪いがやっぱり、資料をそれぞれの席に並べておいてもらっていいだろうか?」

目が合っていたからだろうか。悠吾が紗奈を指名して仕事を頼む。

「それなら私も手伝うよ」

みゆきがそう言って一緒に作業を始めようとするけど、悠吾がそれを止める。

「小島君には、他の仕事を頼みたい」

そう言って悠吾は、手元にあった紙になにかを書き付けてみゆきに手渡した。そしてそれを他部署の部長に届けるよう依頼する。

みゆきが会議室を出ていく。

紗奈がそのまま書類を並べていると、いつの間にか悠吾が隣に立って、顔を覗き込んでいた。

「えっ！」

紗奈は驚きの声を漏らして悠吾を見た。

周囲がよく彼のことをイケメン御曹司と騒いでいるけど、間近で見る彼は、確かにかなり造形の整った顔立ちをしている。そして、こちらに向けられる眼差しには、人の心を引きつける圧倒的な存在感がある。

そんな人に間近で顔を覗かれると、心の内側まで見透かされているようで居心地が悪い。

「あの……部長、なにかご用でしょうか？」

紗奈の問いかけに、悠吾はニッコリ笑う。

「髪の色はもう戻したのか？　飯尾香里君」

「えっ！」

驚きのあまり抱えていた書類が手から滑り落ち、静かな会議室にパサリと乾いた音が響く。

「その反応、私の勘違いではなかったようだな」

悠吾が言う。

表情としては笑顔なのだけど、瞳には獲物を狙う獣のような鋭さがある。

彼が獲物を狙う獣なら、間違いなく自分は捕食される側だ。彼の目力に、本能的な恐怖を感じる。

「な、なんのことでしょうか？」

紗奈は落とした書類をそのままに、距離を取るべく後ずさった。悠吾はすかさず紗奈が下がった分詰め寄り、間合いを詰める。

「先週、私は飯尾香里という女性を助けた。だがそれがどう見てもうちの社員だったんだが……」

悠吾が『それは君だろ？』と視線で問いかける。

ここは認めてお礼を言うべきなのかもしれないけど、本能が、認めると厄介なことになると警鐘を鳴らしている。

「他人のそら似じゃないですか？　私、土曜日はずっと家にいましたよ」

全力でとぼけようとする紗奈に、悠吾がニッと勝者の笑みを浮かべる。

「私は『先週』と言っただけで、曜日に言及した覚えはないが？」

その指摘に、紗奈はしまったと口を押さえる。

だがそれこそ、彼に助けられたのは自分だと認めているようなものだ。

「えっと……助けていただき、ありがとうございます」

バレてしまったのならと、後ずさりながらお礼を言う。悠吾はまたその分、距離を詰めて微笑む。

「どういたしまして。で、あそこでなにをしていた？　君はなぜ偽名を使って、他人になりすましていた？」

「あれは……バイトのようなもので、友人のフリをしていたんです。あの、け、決して犯罪ではないです」

後退を続けながら、紗奈は言い訳をする。紗奈の言葉に、悠吾の眉がピクリと跳ねた。

「バイト？　髪まで染めて、他人になりすますのが？」

背中が壁に触れて、心身ともに追い詰められた気分になりながら、紗奈はコクコクと頷いた。

「はい。高校時代の友人に頼まれて、その子のフリをしていたんです」

「なるほど。失礼だが、松浦君はそんなバイトを引き受けるほど経済的問題を抱えているのか？」

壁に背中を預ける紗奈の顔を、悠吾が無遠慮な距離で覗き込んでくる。

「ひ、否定はしません」

香里の頼みを引き受けたのは、お金のためじゃない。ただそれとは別問題として、経済的な問題を抱えているのは事実だ。

圧倒的な存在感の彼に威圧され、紗奈は膝を曲げて身を低くして認める。

「あの日は友人と食事をしていたのだが、いつもと違う装いの君がいて驚いたよ。それでつい気になって意識していたら、男性に脅されているようだったので助けに入ったのだが、相手が君のことを違う名前で呼んでいたのでどういうことなのかと不思議に思ってな」

「それは……驚かせてすみませんでした」

紗奈が詫びると、悠吾は問題ないと首を横に振る。

「なかなか面白いものを見せてもらった」

「お楽しみいただけたのなら、なによりです」

声を引きつらせながら紗奈が言うと、悠吾はスッと目を細めて意味深な表情を見せる。

「ところで、君が私に助けられたと思っているのなら、そのお礼にひとつ頼み事をしてもいいかな？」

「はい。どうぞ」

本能的に嫌な予感がしなくもないのだけど、とりあえず彼が怒っている様子ではないことにホッとする。

それに紗奈としても、あの時助けてもらったのが自分だとバレた以上、なにかお礼はしたい。

そう思い大きく頷くと、悠吾がとんでもない言葉を投げかけてきた。

「では、礼として俺の恋人役を務めてくれ。バイト代は弾むぞ」

「はい？」

悲鳴に近い声をあげ、紗奈は首を大きく左右に振る。

「無理です！　遠慮します！」

そのままの勢いで即答して、紗奈は体を右にスライドさせようとした。

でも素早く悠吾が左手を壁につき、その動きを妨げる。そして焦る紗奈の耳元に顔を寄せて囁く。

「遠慮するな。……ところで松浦君、ウチが副業禁止なのは承知しているか？」

「あっ！」

その言葉に、大きく息を呑む。

新人研修の際に、その説明を受けているからこそ、経済的に困窮していてもバイトに踏み切れずにいたのだ。

「見逃してください！　あれは、ほんの出来心だったんです」

早口に言い訳して、紗奈は体を左にスライドさせて逃げようとする。だが、すかさず悠吾が右手を壁につきそれを阻止する。

逃げ道を塞がれ、見目麗しい王子様に追いつめられる状況に、紗奈は心の中で悲鳴をあげる。

悠吾の方は、紗奈のその反応を楽しんでいるようだ。

「私の依頼を引き受けてくれるのなら、バイトの件は黙認しよう」

そう言ってニッコリ微笑む。

相手は見目麗しい御曹司様。本来なら心奪われる美しいもののはずなのに、今は悪魔の微笑みにしか見えない。

紗奈は左右に首を動かし、自分の置かれている状況を確認する。

(これが世に言う壁ドンというやつですか)

彼のスーツの袖から覗く腕時計を眺め、なかば現実逃避のようなことを考える。

そんなことより、今はどうにかしてこの場を切り抜けなくちゃいけない。紗奈は鼻先までずり下がった眼鏡を押し上げ、思考を巡らせる。

弟の大学進学を控えた今、失業するわけにはいかない。だからどうにかして、彼を言いくるめる必要がある。

そのために相手を観察するのだけど、造形の整った彼の顔立ちや、圧倒的な存在感に気負されるだけで思考がうまく働かない。

「あの……古賀部長、それは脅迫というものでは?」

どうにか絞り出せたのが、その言葉だった。

紗奈の意見に、悠吾は人の悪い笑みを浮かべるだけだ。

「これは交渉だ。私に脅されていると思うのであれば、人事にでも訴えればいい。ただその場合、君は自分が会社の規則違反をしてアルバイトをしていたことを打ち明ける必要が出てくるがな」

「うっ」

紗奈が言葉を詰まらせると、悠吾は勝手に話を進める。

「さてここで話を本題に戻そう。訳あって私は恋人役を演じてくれる女性を探している。そのための出費は惜しまないつもりだ。対する君は、他人になりすますのがうまい上に、金銭に困っている」

「べつに、好き好んで他人になりすましていたわけじゃないです。あれには、深い事情が……。それに我が社では副業が認められておりませんから」

それは、さっき悠吾が話したことではないか。

紗奈がしどろもどろで訴えても、彼が聞く耳を持つ気配はない。

「安心しろ。バレても私が責任を持って握りつぶしてやる」

口元には笑みを浮かべたまま、無言の迫力で紗奈に『Ｙｅｓ以外の返事は聞く気がない』と語りかけている。

これはもう立派なパワハラではないかと思うのだけど、人事部に訴えたところでまともに取り合ってはくれないだろう。なにせ彼は、この古賀建設の創業経営者一族の御曹司なのだから。

そしてそんな彼が『握りつぶす』と宣言している以上、紗奈がこのバイトを引き受けても、それを理由に罰せられる心配はない。

古賀建設からもらう給料だけでは解決しようのない金銭的問題を抱えている紗奈にとって、これは渡りに船の話とも言える。

しかも相手は、直属の上司な上に、自社の御曹司なのだ。刃向かっても得をすることはなにもない。

（つまり、この先も長く古賀建設で働きたいのなら、間違っても敵に回しちゃいけない相手……）

「私なんかに頼まなくても、古賀部長の恋人役を務めたい人は大勢いらっしゃると思いますよ」

一応粘ってみるけど、相手は心底嫌そうに顔をしかめるだけだ。

「喜んで引き受けるような人間に頼んだら、その後が面倒だろう」

「……ごもっともです」

喜んでお引き受けした後は、さらにお近付きになろうとすることだろう。

その面倒を回避するためにも、お金で紗奈を雇った方が便利と思っているようだ。

しばらく逡巡した紗奈は、ため息をついて覚悟を決める。

「わかりました。部長のご依頼を受けさせていただきます」

「よろしく頼む」

その言葉に、悠吾は男の色気を感じさせる艶やかな表情を浮かべる。

十日ほど前、香里に入れ替わりの話を持ちかけられた時には、こんなことになるとは考えてもいなかった。

「詳しいことは、後で話す。仕事帰りに美味いものでも食おう」

半泣きになる紗奈にかまうことなく、待ち合わせ場所などを決めると、悠吾は演台に引き返していく。

そのまま彼が何事もなかったように作業を再開させるので、紗奈も落とした書類を拾い上げ、各席に配って回る。

途中、チラリと悠吾を見たけど、彼は真剣な表情でパソコンを眺めるばかりで、もうこちらに視線を向けることもなかった。

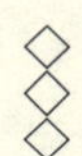

その日の夜。
馴染みの料亭の奥座敷で、悠吾はあぐらを組んだ膝に頬杖をつく。行儀の悪い態度

だが、接待ではなく、部下である紗奈の話を聞いているだけなので気にしない。

「ようするに、駆け落ちする友人に頼まれて身代わりを引き受けたと」

食事をしつつ聞き出した話を要約する。

向かいで肩を落として小さくなっている紗奈がコクコク頷く。

誰かに盗み聞きされることなくゆっくり話すために、食事の場所に政治家御用達の老舗（しにせ）料亭を選んだ。

秘密保持はもちろん、料理にもかなり定評がある店なのだが、紗奈は料理に毒でも入っていると思っているのか難しい顔をしてろくに手をつけようとしない。

（なんにせよ、なかなかにお人好しな性格をしているらしい）

悠吾は片手を伸ばして机のとっくりを持つ。

自分が酌をするべきと思ったのか紗奈が腰を浮かせるので、その必要はないと手の動きで断り、手酌で酒を注ぐ。

大吟醸の日本酒を味わいながら、先週の土曜日のことを思い出す。

学生時代の友人に誘われて食事に出掛けたのだが、そこで金持ちそうではあるが品位の欠片（かけら）もない男と食事をする紗奈を見かけたのだ。

その前にフロントに落とし物を届ける声を聞いて、深窓のご令嬢といった感じの佇まいの女性が、部下の松浦紗奈であることには気付いていた。

普段太いフレームの眼鏡に、お団子ヘアがトレードマークの彼女とはかけ離れた姿に、声がよく似た他人かとも思ったが、レストランで再度見かけて本人だと確信した。

会社にいる時とは大きく異なる装いが意外で、食事中も、なんとなくではあるが存在を意識していた。そうしたらただならぬ雰囲気になって、彼女が相手の男に脅されているようだったので助けに入った次第だ。

間近で見れば、相手の男はあまり評判がよくない国会議員のご子息だった。パーティーの席での振る舞いに目に余るものを感じていたので、いい機会なので軽くお灸をすえさせてもらった。

古賀建設の社長である祖父の恭太郎は、あの男の父親が籍を置く政党と懇意にしている。かなりの影響力を持っているので、古賀建設の御曹司を怒らせれば、父親の党での立場が危うくなると本気で思ったようだ。

きちんとした政治理念を持っているのであれば、自分ごときの顔色など窺うことなく毅然としていればいい。それができないということは、その程度の政治家とその息子ということだ。悠吾がなにかせずとも、そのうち表舞台から姿を消すだろう。

なんにせよその無礼な男を追いはらった後、念のため紗奈を家まで送ろうと考え声をかけたのだが、脱兎のごとく逃げ去られてしまった。

（名乗るほどの者もなにも、名前は最初から知っているのに……）

いくらいつもと違う装いをしているからといって、自分の部下がわからないわけがない。それなのに、本人は本気で気付かれていないと思っていたようだ。

週が明けた今日、髪の色を黒に戻していつものお団子頭で、何食わぬ顔で仕事をしていた。

だからふたりっきりになったタイミングで軽い揺さぶりをかけたら、あっさりボロを出して今に至る。

「それで、その友人は無事に出国できたのか？」

なんとはなしにそう問いかけると、しおれていた紗奈の表情が突然明るくなる。

「はい。無事に出国して、もう目的地に到着したそうです」

少し落ち着いたら一度日本に帰ってくるので、その時に会う約束をしているのだと、うれしそうに話す。

どうやらその友人のことが、本当に好きなようだ。

その結果、自分は男に連れ込まれかけたというのに。なんとも人がいい。

しかも経済的に困窮している理由も、彼女にはなんの非もない話だった。

早くに父親を亡くした彼女は、母親が家の金を使い込んだため、急ぎ弟の大学進学にかかる費用を工面する必要があるのだという。

古賀建設の跡取りに生まれ、よくも悪くも周囲から特別扱いされることに慣れている悠吾は、下手に情をかけてつけ入られる隙を作らないよう、他人とは距離を取ることにしてきた。

そんな悠吾でさえ、紗奈の話は少々気の毒に思えてくる。それは、彼女の勤勉な働きぶりを普段から高く評価していたというのもあるのだろう。

「まあ、それならちょうどいいな」

手にしていたお猪口を机に戻し、悠吾は本題に入る。

「俺にも少々面倒な縁談が持ち上がっているのだが」

「それ、家族ぐるみでお付き合いされているゼネコンのご令嬢と婚約されるって話ですよね？」

友人カップルのことを話したことで気持ちがほぐれたのか、さっきより明るい口調で紗菜が言う。

その言葉に悠吾は顔をしかめた。

こんな末端の社員にまで、その話が広がっているとは考えてもいなかった。

「まだ見合い話が進んでいるだけだ。それに相手の家と家族ぐるみの付き合いをした覚えはない。社長である祖父がひとりで乗り気になって、なにかと相手を気にかけているようだが、俺は結婚の意思がないと先方にも言い続けている」

若干口調がキツくなるのは、悠吾を古賀建設に呼び戻した祖父の恭太郎に、社長就任の布石として良家の娘を嫁に取れと迫られているからだ。

常々悠吾は祖父に、誰とも結婚する気はないと言い続けている。それなのに恭太郎は、古賀建設のさらなる発展のために、自社の利益に繋がる女性と結婚しろとしつこく迫ってくるので煩わしい。

しかも恭太郎がその相手に選んだのは、家柄こそ釣り合うが、プライドが高くワガママで傲慢な女性ときている。

「俺は独身主義だ。会社の利益を上げろというのなら、仕事で結果を出していく。だが政略結婚の道具にまでなる気はない」

悠吾は不機嫌に息を吐く。

「それで、私に恋人役をしろと……？」

紗奈は自分の顔を指さして聞く。

「そういうことだ。相手はかなり気位が高い性格をしている。これ以上縁談が進む前に、俺には意中の女性がいてその人との結婚するつもりだと告げれば、諦めてくれるのではないかと思ってな」

これまで恭太郎には、結婚の意思がないことは何度も伝えてきたが、聞く耳を持つ気配がない。

相手が交渉に応じる気がないのであれば、こちらも強硬手段に出るまでだ。

「恋人役を引き受けてもらえるなら、バイト料は弾むぞ」

そう言って悠吾は、彼女の弟が私学に進んだ際の前期授業料に当たる金額を提示する。

「えっそんなには受け取れません」

金額を聞いた紗奈が咄嗟に辞退を申し出る。

どうしても当座のまとまった資金が必要なはずなのに、そんなに善良で大丈夫なのかと心配になる。

「俺にはたいしたことのない金額だ。それで見合いを潰せるなら安い買い物だし、君の弟は進学できるならWin-Winな話だろ」

「でも……」

「それとも、副業がバレて失職するか？　無職になるのと、俺の金を受け取るのとどっちがいい？」

「うっ」

まだ躊躇（ためら）っている紗奈を軽く脅してみたが、これは冗談だ。

確かに古賀建設の就業規則には副業を禁じる文言があるが、その記述には『当社の品位を貶めるもの、同業他社での就業、当社の機密情報漏洩に繋がるような副業は、これを禁ずる』とある。

つまり、紗奈のしたことを咎（とが）める内容ではない。だが本人が気付いていないようなので黙っておく。

（悪いが俺は、松浦君のように善良で慎み深い性格をしていないんでな）

計算高く言葉で誘導して、相手を動かす方が性（しょう）に合っている。

それに今回の場合、自分の金を受け取らないと、どう考えても彼女が困ることになるので意見を曲げる気はない。

「一度は引き受けると言ったのだ。今さら断るというのなら、それ相応の報復を考えなくもないが？」

面白半分に脅してみると、紗奈の顔が青ざめる。

古賀建設創業家の一員である自分が、彼女の目には鬼か悪魔のように映っているのではないかと少々気になるところだ。

「難しく考えずに、今の自分がなにを優先すべきかを考えてみろ。君が一番に大事にしたいのは、弟の将来なんじゃないのか？」

悠吾の言葉に、紗奈はハッとする。そして少し考えて納得したのか、こちらに頭を下げた。

「わかりました。その条件で、部長の恋人役を務めさせていただきます」

「これからよろしく紗奈」

眉尻を下げて、申し訳なさそうにする表情が面白くて、冗談半分でそう言ってみると、紗奈の顔が一気に赤くなる。

「さ……紗奈って！」

「契約を交わして恋愛関係を始めるのなら、当然の呼び方だろ。そんなわけで週末は、俺とデートだから空けておけよ」

赤面して口をパクパクさせる彼女の表情を愉快に思いながら、悠吾は話を進めていく。

恋人レッスン

土曜日、紗奈は自室で鏡を覗き込んでため息をついた。

（なんだか、どんどん変なことになってきている気がする）

香里の駆け落ちを手伝ったことに後悔はないし、悠吾に危ないところを助けてもらったことには感謝している。

だけどその結果、彼の恋人役を演じることになったこの状況には混乱しかない。

（古賀部長の話、半分は同情だよね）

彼が見合いを破談にするために恋人役を頼める人を探していたのは本当のことなのだろう。でもバイト代の額や、その役目をかなり強引に紗奈に押し付けたのは、悠吾の優しさだ。

あの時彼に『君が一番に大事にしたいのは、弟の将来なんじゃないのか？』と問われて、彼の気遣いを理解した。だから覚悟を決めることができたのだ。

そんな悠吾には、今日の予定を空けておくように言われた。

基本週末は家にいるだけだから、一方的に予定を入れられることには問題ないのだけど、恋人いない歴がそのまま実年齢の紗奈としては、『デート』という言葉に必要以上に緊張してしまう。

（部長は深い意味もなく、その言葉を使ったんだろうけど……）

見るからに女性にモテそうな悠吾とは、言葉に対する重みが違うのだ。

これまでデートと呼べるようなものを経験したことがないので、頭の冷静な部分ではただのバイトとわかっていても、服やら髪型やらが気になってしまう。

結局、たいしたワードローブもないので、先週香里の身代わりをした際にもらい受けたワンピースを着ることにした。

眼鏡をコンタクトに替え、髪を下ろして、いつもはベースメイクに眉を描くだけの化粧もできる限り頑張ってみた。

先週、悠吾にバイトのことがバレないようにと慌てて髪を染め直したけど、自分で染めたためやり方が間違っていたのか、徐々に黒が抜けて明るい髪色に戻っているのでちょうどいい。

鏡に映る自分は、それなりに可愛（かわい）く仕上がったつもりである。とはいえ、自分なんかが悠吾と釣り合うとは思えない。

「土台が私なんだから、これ以上はどうしようもないよね」

自分の姿を確認して唸っていると、テーブルに置いていたスマホが震えた。画面を開くと、悠吾からのメッセージで、紗奈のアパートの前に到着したとある。

すぐに行きますとメッセージを返して、紗奈は部屋を出た。

表に出ると、年季を感じさせるアパートには場違いな高級車が停まっているのが見えた。

「お待たせしてすみませ……ん」

車に背中を預けて佇む悠吾の姿に、紗奈は言葉尻を呑み込む。

休日のため、今日の悠吾はスーツ姿ではなく、スッキリしたシルエットの黒のボトムスに、薄手の黒のニットと千鳥格子のアウターを合わせている。

シンプルなのに地味な印象を与えない着こなし術に、お洒落上級者の余裕を感じさせられる。高級車として知られるドイツ車は、もちろん彼のものなのだろう。

(色々と住む世界が違いすぎる)

バイトとはいえ、こんな完璧御曹司の恋人役が自分なんかでいいのだろうか。今さらながらに、無謀な決断をした自分を恨みたくなる。

「いや。俺の方が約束の時間より早く着いてしまっただけだ」

紗奈の胸の内に気付かない悠吾は、当然のように助手席のドアを開けてくれる。

「えっと……あの……」

なにをどうすればいいのかわからず戸惑っていると、彼が左手をこちらに差し出す。

おずおずと紗奈がその手を掴むと、悠吾はダンスのリードをするような動きで紗奈を助手席へと誘導した。座る際には「頭をぶつけないよう気をつけて」と声をかけ、シートベルトまで留めてくれる。

自分で言うのは恥ずかしいけど、王子様のエスコートを受けているお姫様気分だ。

慣れない扱いに紗奈がドギマギしている隙に、悠吾は運転席に乗り込む。

たぶんエンジンをかけたのだろう。悠吾がハンドル脇のボタンに指を触れさせると、車内モニターが明るくなり、座席がほんのり温まる。

紗奈は免許を持っておらず車に乗り慣れていないだけに、ゆったりとした車内や、革張りのシートの座り心地のよさにいちいち感心させられる。

「どこに行きたい？」

運転席と助手席の間にあるパネルを操作しながら悠吾が聞く。

そんな普通のカップルのデートのようなことを聞かれても困る。

「お見合い相手のところに行くんじゃないんですか？」

紗奈が不思議そうな顔をする。

「彼女に会うのは、夕方のパーティーの席でだ。ふたりの関係をあやしまれないよう、軽くデートをして、それなりに親睦を深めておいた方がいいだろ」

今は午前十一時。夕方のパーティーに備えるにはかなり早い集合時間は、そういう目的があってのことらしい。

「なるほど」

確かに、悠吾の王子様ぶりに緊張しっぱなしの紗奈では、彼の恋人を名乗るのには無理がある。

理解を示すと、悠吾はもう一度「どこに行きたい？」と聞いてくる。

「とりあえず昼食にレストランの予約は入れてあるが、食事の後で、軽くどこかに出掛けよう。俺は特に行きたい場所もないから、君が普段デートに行く場所でかまわない。好きな場所を提案してくれ」

そう言われても、どう答えればいいかわからない。

「すみません。今までデートしたことがないので、どこに行けばいいのかわからないです」

「え？　一度も？」

紗奈の言葉に、悠吾が心底驚いた顔をする。

「学生時代は勉強とバイトが忙しかったし。就職してからは、仕事のかたわら家事や弟の世話をしていたから、友だちと時々お茶やランチをするのが最大の贅沢(ぜいたく)で、誰かとデート……というか、遊びに行く余裕がなかったんです」

もともと突然外泊をすることが多かった上、昼夜逆転の生活をしている母の明奈は、紗奈が就職した頃から家事を全くしなくなった。お金の使い込みが発覚して以降は、家に近付かないので、全ての家事は紗奈が担っている。

慶一が手伝おうとしてくれるけど、今は大事な時期なので勉強に専念してもらいたい。

そこまで話すと湿っぽくなるので、「時間があっても、私じゃ恋人なんてできなかったと思いますけど」と、自虐ネタで終わらせる。

「悪かったな」

「え？」

「初めてのデートの相手が俺で」

そう話す彼は、本当に申し訳なさそうな顔をしている。そこには、普段オフィスで見せる〝冷徹王子様〟の面影は微塵(みじん)もない。

「そ、そんな……。私なんかじゃ恋人もできないでしょうから、こういうことでもなければデートする機会もなかったと思います」

紗奈は顔の前で手をバタバタさせながら言う。

その言葉に悠吾は「そんなことないだろ」と、社交辞令を返してくれるけど、恥ずかしいので無視しておく。

「とにかくそんなわけで、どこに行けばいいのか見当もつかないので、行き先は部長にお任せします」

「なるほど……」

顎に指を添えて、悠吾はしばし考える。

でもすぐには思いつかなかったのだろう、困り顔で肩をすくめた。

「俺も偉そうなことは言えないな。こういう時に、咄嗟に女性をエスコートする場所が思いつかない」

「えっ！」

悠吾の発言に、紗奈は思わず驚きの声を漏らす。

「つまらない男で悪かったな」

紗奈の声を抗議の意味に受け取ったのか、悠吾が言う。

そういう意味ではないと、慌てて言葉を足す。

「古賀部長、社内でも女性人気が高いし、私と違ってデートとかいっぱいしているのかと思って」

「若い頃は多少はデートのようなことを楽しんだ時期もあるが、就職してからは仕事中心の生活だ。古賀建設の今後を担う者として、学ぶことはたくさんある」

「そうなんですね」

社の内外問わず、彼に憧れている女性は多い。

だから勝手に、イケメン御曹司の彼は紗奈に一生縁がないような華やかな日々を送っているのだと思い込んでいた。

「それなら知識不足な者同士、食事をしながらお互いに意見を出し合って、この後の予定を決めませんか?」

車の中でひたすら悩んでいるよりも、その方が生産的だ。

声を弾ませる紗奈の意見に、悠吾は「それはいい考えだな」と、緩く笑う。その横顔に、車内の気温が微かに上昇したような気がするのは、ただの錯覚だろうか。

「では行くとしようか」

悠吾はそう言って車を発進させる。

彼の運転は危なげがなく、大きな通りに出てもスムーズに車線変更していく。

「部長、運転がお上手ですね」

普段車に乗る機会が少ないので、紗奈は思わず小さな拍手をして感心する。

こちらにチラリと視線を向けて、悠吾がクスリと笑った。どうかしたのかと見つめていると、悠吾が困り顔で言う。

「それで君は、いつまで俺を『部長』と呼ぶつもりだ？」

「あっ！」

そう言われて気が付いた。彼の恋人役を務めるのであれば、確かに役職で呼ぶのは変だろう。

「えっと……じゃあ『古賀さん』？」

「恋人なのに？　俺も君のことを呼び捨てにさせてもらっているんだから、俺のことも下の名前を呼び捨てにしてくれてかまわない」

「それは、ちょっと……」

相手は自社の御曹司様なのだ。紗奈なんかが、おいそれと呼び捨てにしていいわけがない。

結局、名前に『さん』をつけて呼ぶことで納得してもらった。

「悠吾さん」

初めての食材を口にするように、ぎこちなく口を動かして名前を呼ぶと、彼は仕方ないといった感じで頷く。

「恋人役を演じてもらうなら、その方が自然だ」

「……確かに、そうですね」

これはバイトなのだから。そう自分に言い聞かせても、香里につられて彼女の恋人を名前で呼ぶ他、弟以外の男性を名前呼びしたことがないので、なんとも落ち着かない。

そんな戸惑いが透けて見えたのか、悠吾が呆れた顔を見せる。

「先にデートの予定を入れておいて正解だったな」

確かにその通りだ。

下の名前を呼ぶだけでこんなにぎこちなくなってしまうのだから、疑似デートをして少しは彼に慣れておかないと、すぐに偽者の恋人と見抜かれてしまうだろう。

「ホテルで食事をしている姿を見かけた時には、もっとそれらしく振る舞っているように見えたんだがな」

「あれは、友達のマネをしていただけだから」

紗奈が困り顔をすると、悠吾はまあいいかと頷く。

「本番に強いタイプだと信じているから、よろしく頼む」

妙な期待をされて荷が重いけど、今さら断るわけにもいかないのだから、頑張るしかない。

しかし……。

「どうかしたか？」

紗奈がなんともいえない眼差しを向けていると、悠吾がそれに気付いて聞く。

「なんて言うか、ぶ……悠吾さんの雰囲気が、普段とあまりにも違うから」

それは先日も思ったことだ。

オフィスで見かける彼は、まさに〝冷徹王子様〟といった感じで、仕事ができる分、人間としての隙を感じさせない冷たい雰囲気があった。

だけど自称を『私』から『俺』に変えて、紗奈の隣で笑う彼は、朗らかで人としての温かみを感じさせる。

（ついでに言うと、男の色気も）

やけに心臓がドキドキしてしまうのは、そのせいなのだろう。普段とのギャップがありすぎて、妙に落ち着かない。

「キャラが違いすぎて、対応に困ります」

思っていることをそのまま正直に伝えると、悠吾が何気ない口調で返す。

「ビジネスの場で素を出しても、面倒なだけだろ。会社での俺は、組織の歯車でしかないんだから、個人の感情なんて不要だ」

紗奈のような一般社員と違い、古賀建設の未来を担う彼の立場では仕方ないのかもしれないけど、その意見にはなんとも言えない寂しさを覚える。

そんなふうに感じるのは、自称を『俺』に切り替えた悠吾の方が、人間味があって好感が持てるからだ。

「でしたら、プライベートの今日は、ただの古賀悠吾さんとして楽しみましょうね」

仕事における彼の振る舞いについて、紗奈に口出しをする権利はない。だけど、演技とはいえ、彼の恋人役を務める今の自分としてならそのくらい言っていいだろう。

そう思って投げかけた言葉に、悠吾は面食らったような顔をした。でもすぐに、堅く結んでいた紐が解けていくように表情を柔らげる。

「そうだな。せっかくのデートだ。思う存分楽しむとしよう」

頷く彼は心なし車の速度を上げて、目的地へと向かう。

悠吾が紗奈を案内したのは、新しくできた商業ビルの中にあるレストランだった。味はもちろんのこと、高層階から見下ろす都心の眺めも悪くない。だがこの店の一番のうりは、奥まったボックス席の壁面に設置されているアクアリウムだ。

黒塗りの壁で仕切られた半個室のボックス席は、昼でも薄暗く、青白くライトアップされた水槽の中では無数のミズクラゲが漂っている。

この店の設計は悠吾の前の職場が請け負っていた。開店以降は凝った造りが話題を呼び、たびたびメディアで紹介されている。

女性受けがよさそうだったので紗奈を連れてきたのだが、彼女の反応は悠吾の予想の上をいくものだった。

「宇宙って、こんな感じでしょうか?」

腰をひねり水槽を覗き込む紗奈は、額をアクリルガラスにくっつけんばかりに顔を寄せて、漂うミズクラゲを見つめている。

食事が終わりデザートの段になっても、彼女の興味は尽きないらしい。

「絶対違うだろ」

悠吾はテーブルに頬杖をついて答える。

宇宙空間にこんなものが漂っていたら、宇宙飛行士が迷惑だろう。

悠吾の冷静なツッコミに気を悪くする様子もなく、紗奈はキラキラした眼差しをクラゲに向けている。

（なんというか……）

悠吾は、水槽の光で青白く浮かび上がる紗奈の横顔を観察する。

普段、フレームのしっかりした眼鏡にお団子ヘアの紗奈だが、今日は眼鏡をコンタクトに替え、髪も下ろしている。

ここまで来る道中の雑談として、普段の装いは、彼女の好みではなく、コスパ重視で選択した結果なのだと聞かされた。

コンタクトに比べて眼鏡は維持費がかからない。髪は極力自分でカットして、毛先の乱れをごまかすためにお団子ヘアにする。服も同様に、着回しがきくことに重きを置いて選んでいるという。

そうやって生活を切り詰め、自分の奨学金の返済をするかたわら、家計も支えている。

話だけを聞くと、かなりの苦労人のように思えるのだが、それを話す紗奈はいたって明るい。まるでゲームの裏技を披露するように、節約術を語ってくれた。

そんな話を聞かされたせいか、クラゲが漂う様に嬉々とする彼女の姿を見ていると、なぜだかこちらまでうれしくなる。

それでつい、水槽ではなく彼女の横顔ばかり眺めてしまう。

「あっ……すみません。結局この後どこに行くか決めてないですよね」

悠吾へと向き直った紗奈は、ばつが悪そうな表情でテーブルの紅茶に手を伸ばす。

「そういえばそうだな」

紗奈があまりにアクアリウムに気を取られているので、邪魔をするのも悪いと思い、食事中話らしい話をすることなく時間を過ごした。

なにか案を出さなくてはいけないと思ったのだろう。

先ほどまでの輝く表情をなくしておとなしくなる。紗奈のその変化を残念に思う悠吾は、彼女をどこに連れていけばさっきのような笑顔を見せてくれるだろうかと考えた。

「寒くてもいいなら、神社にお参りに行くというのはどうだろう？」

「お参りですか？」

「君の弟のために、合格祈願をしておかないか？　この近くに、俺が時々足を延ばす神社があるが、確か学業への御利益が有名だったはずだ」

家族思いな紗奈のことだから、喜ぶと思っての提案だ。

案の定、彼女の表情に輝きが戻る。

「ありがとうございます」

そうお礼を言った紗奈が、「でも……」と、続ける。

「悠吾さんが学業に御利益のある神様にお参りしているのはなんだか意外です」

悠吾がなにかの試験勉強でもしていると思ったのだろうか。人の言葉を額面通りに受け取る紗奈の素直さを心地よいものとして受け止めて軽く肩を揺らす。

「俺の場合は、静かな時間を求めて訪れている。ああいう場所を歩くだけで、気持ちが浄化されるような心地よさがある」

その説明に紗奈はまた意外そうな表情を見せたが、すぐに納得した様子で頷いた。

彼女の表情を味わうように悠吾はコーヒーを口に運ぶ。

こんなふうに誰かと一緒にいてリラックスした時間を過ごせるなんて、悠吾としては珍しいことだ。

こんなにくつろげるのは、先ほど彼女に投げかけられた言葉のせいもあるのだろう。

『プライベートの今日は、ただの古賀悠吾さんとして楽しみましょうね』

先ほどの紗奈の台詞を思い出し、そっと笑う。

社員はおろか、家族にでさえ、そんなことを言ってもらえたことはない。というか悠吾の場合、家族こそ、彼にそんな言葉をかけることはしない。

彼女のその言葉がことさら胸に響くのは、幼い悠吾に祖父の恭太郎が投げかけた『家のために、お前を産むことを許してやった』という言葉が、今の自分の心に深く根を張っているからだろう。

古賀建設を繁栄させ、次の世代に引き継がせるために自分はいる。

呪いにも近い感覚で祖父に言い続けられた言葉が、悠吾の行動の指針になっているからこそ、さっきの紗奈の言葉に胸が浮き立つような喜びを覚えたのだ。

「そろそろ出ようか」

その時胸に湧いた感情をどう扱えばいいのかわからないまま、そう声をかけた。

「はい」

行儀よく返事をして、紗奈はカップにわずかに残っていた紅茶を飲み干す。

そして帰り支度をしながら得意満面な表情で言う。

「ところで、私、すごいことを発見したんです」

「発見？」

立ち上がった悠吾は、わずかに首をかしげた。

「クラゲの背中の模様、一匹ずつ違うんですよ」

中途半端に腰を浮かしかけた状態で、紗奈が四つ葉のクローバーを描くように指を動かす。視線と指の動きで、ミズクラゲのカサの部分にある模様だとわかる。

「ほら、あの子なんて、五つ葉なんですよ。すごくないですか？」

紗奈はテーブルに手をついて、もう一方の手で水槽を示した。

ちなみに紗奈が『模様』と呼んでいるそれは、確かミズクラゲの胃だったと思うが、それは黙っておく。

「どれ？」

悠吾もテーブルに手をついて身を乗り出す。

そうやって紗奈と視線の高さを同じにすると、確かに水槽の奥の方に、五つ葉模様のクラゲが見える。

泳ぐというほどの速度ではない緩やかな動きで、クラゲは身をひるがえし水の中を浮遊していく。

さっきは紗奈の意見を否定したが、薄暗い水槽の中、光を内包させて漂うその姿は無重力空間を連想させ、見ている人の心を和ませる。

「あっ！」

つい、帰り支度をしていたのを忘れて漂うクラゲに見惚れていると、不意に紗奈が声をあげた。

どうしたのかと視線を向けると、彼女が声を弾ませて言う。

「あの子、ハート模様です」

そう言って指さす先には、クラゲが密集している。

「どれ？」

どのクラゲを示しているのかわからず悠吾が聞くと、紗奈は「あの子です」と、声を弾ませながら指をゆっくり移動させていく。

彼女に見えているものが、自分には見えていない。それがなんだか悔しくて、水槽を睨むように目を凝らす。

そうやって紗奈の指の動きに合わせて視線を動かして、ついにハート模様のクラゲを見つけた。

「あれか」

「わかりました？」

お互いに声を弾ませて、相手の方を見た。

その瞬間、視界いっぱいに目を丸くした紗奈の顔が飛び込んでくる。

お互いクラゲを探すのに夢中で、今にも触れ合えそうなほど近くに顔が迫っていることに気が付いていなかったのだ。

紗奈がハッとした表情で肩を跳ねさせる。

「す、すみませんっ！」

手をバタバタさせながら、紗奈が椅子に座り鞄(かばん)を手に取ると、勢いよく立ち上がった。

「おい、そんなに慌てなくてもっ」

彼女の勢いに驚きつつ、悠吾も姿勢を直して紗奈の隣に回る。

すると、紗奈が驚いた顔で悠吾を見上げた。

「危ない」

背中を仰け反らせてこちらと距離を取ろうとした彼女の体が、大きく後ろに傾くのを見て、悠吾は慌てて腕を伸ばした。

片手で紗奈の肘を掴み、もう一方の腕を彼女の背中に回す。

そうやって後ろに傾く彼女の体を自分の方に引き寄せると、華奢(きゃしゃ)な紗奈の体は、悠吾の腕の中にすっぽりと収まってしまう。

触れたからこそわかる彼女の儚(はかな)さに、どうしようもないせつなさがこみ上げてくる。

（こんな小さな体に、たくさんの苦労を背負い込んで……）

同情とは異なるなにかを含んだ思いが湧き上がるのを感じながら、両腕を紗奈の背中に回した。

「あの……悠吾さん、もう大丈夫です」

紗奈が腕の中で身じろぎをする。

そう言われて腕の力を弱めると、困ったような顔をしてこちらを見上げる彼女と目が合った。

「すまない。君がそのままひっくり返るかと思って焦ったものだから」

そう言って腕を離すと、紗奈は「ありがとうございます」とお礼を言って距離を取る。

「私も、そのまま転ぶかと思いました」

紗奈は照れた表情で髪を掻き上げ、鞄を持ち直す。

それで、なんとなくふたりの距離感が適切なものに戻っていく。

「行くか」

そう言って薄暗いボックス席を出ると、フロアの明るさに紗奈が眩（まぶ）しそうに目を細めた。

悠吾は、そんな彼女の手を取り歩き出す。

「悠吾さん」

まじりに呼びかけてくる紗奈を振り返る。

「また転ぶと危ないからな」

そのまま彼女の手を引いて歩く悠吾は、「それにこの方が、デートらしいだろ？」

と、ぶっきらぼうに付け足す。

「すみません」

先ほどのことを思い出したのだろう。紗奈が小さな声で謝る。

「謝るようなことじゃない」

ただ自分がそうしたくて、そうしているだけなのだ。

恋人の時間

最初はデートという言葉にひたすら緊張していた紗奈だけど、レストランでの食事を終えて、慶一の合格祈願のために神社を訪れる頃には、かなりリラックスした心持ちになっていた。

それも全て、悠吾のおかげだ。

食事の場所に女子受けのよさそうなレストランを選んでくれたり、弟の合格祈願を提案してくれたりと、悠吾は紗奈の気持ちを理解した上で行動している。

職場では切れ者すぎて〝冷徹王子様〟と呼ばれている悠吾だが、プライベートでは相手を思いやる優しさに溢れている。

紗奈が彼と過ごす時間をこんなに楽しめているのは、そのおかげに違いない。

それはうれしいのだけど、普段とは違う悠吾の一面に触れてどうしようもなく鼓動が速まる。

単なる緊張とは違うこのドキドキの正体は一体――。

ふたりで勉学に御利益があると言われている神社に参拝をし、お守りを買うついでにおみくじをひく。結果は、紗奈が小吉で、悠吾が中吉となった。

恋愛の項目に『身近な場所に良縁あり』と書かれていたのが恥ずかしくて、御利益がなくなっては困ると言い張って内容はナイショにした。

神社が用意してくれている納め所におみくじを縛る際、高い位置に縛った方が御利益がある気がして紗奈が背伸びをしていたら、悠吾が笑って紗奈の分も高い場所に結んでくれた。

そんな些細なやり取りも、とても楽しかった。

参拝を終えると、悠吾が冷えた体を温めるためカフェで休憩を取ろうと提案してくれた。

「どうかしましたか?」

大ぶりなカップを両手で包み込むようにして持つ紗奈は、自分に向けられる彼の視線に気付いて首を傾ける。

向かい合って座る悠吾は、コーヒーの入ったカップをソーサーに戻して言う。

「君の演技力に感心していたんだ」

さすがだ、といったような言葉を口の中で転がして、悠吾は椅子に背中を預ける。

「最初は少し心配したが、あまりに自然体で、心から今日のこの状況を楽しんでいるように見えた」

「あ、えっと……、ありがとうございます」

紗奈はまごまごとお礼を言う。

今のこの時間が、彼の恋人役を演じるための模擬デートであることを忘れて、純粋にはしゃいでいたなんて恥ずかしくて言えない。

「私の演技が様になっているのは、悠吾さんが一緒に楽しんでくれたおかげです」

悠吾は、紗奈はかなりの演技力があると思っているようだけど、元演劇部員といっても裏方専門だったのでそんな才能はない。

それでも自然に、それこそ仲睦（なかむつ）まじいカップルのように振る舞えたのは、彼も一緒に楽しそうにしてくれたおかげだ。

それこそ、悠吾は紗奈を気遣い、本物の恋人のように紗奈をエスコートしてくれた。

本人にはその自覚がなかったか、悠吾は紗奈の言葉に微かに目を見開く。でもそれは一瞬のことで、すぐに表情を柔らかなものにする。

「なるほど。いい演技をするためには、お互いの呼吸を合わせるのが大事ということか」

どうやら、納得してくれたらしい。

ホッと胸を撫で下ろした紗奈は、チラリと壁時計に視線を向けた。

「この後は、どうしますか？」

時計は十五時を少し過ぎた時刻を示している。パーティーは夕方からということだったので、まだ時間がかなりある。

紗奈の質問に、悠吾は軽く口角を持ち上げる。

些細な秘密を楽しむ少年のようなその表情に、紗奈の心臓がドキリと跳ねた。

本人は自覚がないのだろうけど、仕事を離れている時の彼の表情は男性的な魅力に溢れていて、見ている側を落ち着かない気分にさせるので困る。

気持ちを落ち着けるために、手にしたままになっていたカップを口に運ぶ。紗奈が、甘いカフェラテの味にホッと息を吐いたタイミングで、悠吾がこの後の予定を教えてくれた。

「この後は変身の時間だ」

「はい？」

キョトンとする紗奈に、悠吾は言う。

「パーティーに合わせて、ドレスに着替えてもらう必要がある。そのために店を予約してあるから、今からそこに行く」

「ドレス」

紗奈は自分が着ているワンピースに視線を落とす。

香里の身代わりをした時に着たワンピースは、普段の紗奈ならまず手が出ないハイブランドの品だ。上品なデザインだけど地味という感じもなく、華やかな場所に着ていっても差し障りがないように思うのだけど。

「あの……、この後行くパーティーって、皆さんどういった装いで出席されるんですか？」

なんとなく嫌な予感がして聞くと、悠吾はこともなげに返す。

「男性はカクテルスーツ、女性はドレスが基本だな」

「えっ！」

思いがけない言葉に、紗奈は肩を跳ねさせた。

「どうかしたか？」

「それって、すごく格式が高いパーティーなんじゃないですか？」

「いや。普通だろ」

悠吾はさらりと返すけど、紗奈にはそうは思えない。

そもそも、紗奈と悠吾では、なにを普通と思うのかの基準が違うのだ。今さらだけど、この依頼を受けたのは軽率だったかもしれないと後悔する。

あれこれ考えて頬を引きつらせる紗奈に、悠吾が不思議そうな顔をする。

「どうかしたか?」

「いえ。なんでもないです。ただ……」

「金のことなら心配しなくていい。必要経費だから俺が支払う」

悠吾が言う。だけど紗奈が気にしたのは、そういうことではない。

彼との生活レベルの違いに、戸惑っているのだ。

「私なんかが恋人役ですみません。恋人役が私のせいで、悠吾さんに色々出費させてしまって……」

演技とはいえ、やっぱり自分なんかでは彼の恋人役に相応しくないのではないかと、弱気に襲われる。

だけど悠吾の意見は違うようだ。

「俺は、紗奈に依頼してよかったと思っている。それに、紗奈にもすごい財産があるじゃないか」

「え?」

予想外の言葉に驚きの声が漏れる。キョトンとする紗奈に、悠吾はこともなげに返す。

「自分の置かれた環境を卑下することなく、それを受け入れた上で、人生を楽しもうとする強さがある。それは金では買えない君の大きな財産だ」

だから問題ないと、悠吾が真摯な眼差しを向けてくる。

思いがけないタイミングでこれまでの自分の生き方を評価されて、胸が熱くなる。

最初は成り行きで引き受けた恋人役だけど、ありのままの紗奈を認めてくれる悠吾のためにも頑張りたいと改めて思う。

(自分の意思で恋人役を引き受けたんだから、今さら尻込みしてもしょうがないよね)

紗奈は自分を鼓舞する。

「悠吾さんのお見合い相手の方に諦めてもらえるよう頑張ります」

覚悟を決める紗奈の眼差しに、悠吾は緩く笑う。

「よろしく頼む」

彼のその言葉に、紗奈は大きく頷いた。

カフェを出ると、悠吾は紗奈を、彼も時々利用するというセレクトショップに案内した。

高級住宅街の一角に古くから建つ洋館をリフォームしたというその店は、オーナー自らパリやニューヨークで買い付けるドレスの他、バッグやアクセサリーといった小物も多く揃えられている。

そして二階にはエステも併設されていて、メイクやヘアセットもお願いできるのだという。

「どうした？」

スタッフの案内を受け、店の奥に足を踏み入れるなり動きを止めた紗奈に、悠吾が声をかける。

「ちょっと、ビックリしています」

こういった場所を初めて訪れた紗奈は、デザインも多岐にわたる色とりどりのドレスや、まばゆいばかりの装飾品の全てに驚かされる。

漆喰(しっくい)壁にダークブラウンの腰壁が合わせられている店内の棚やソファーはクラシカルなデザインで、古い映画のセットに紛れ込んだ気分になる。内装だけでなく、扱う商品がどれも可愛くて、女子の憧れを詰め込んだような店なのだ。

「ビックリ？」

「お店が素敵すぎて」

紗奈が表情を輝かせて答えると、背後から「ありがとうございます」と声が聞こえてきた。

振り向くと、こざっぱりした黒のワンピースを着た女性が立っていた。年齢は五十を少し過ぎたくらいだろうか。

「そう言ってもらえるとうれしいわ」

胸に右手を添えて、女性が柔らかく笑う。

悠吾が、彼女がこの店のオーナーの松林だと教えてくれた。

「本日はご来店ありがとうございます」

紹介を受けて、松林は悠吾と紗奈に順に頭を下げる。紗奈と目が合うと、頬に手を添えてしみじみした表情を見せた。

「先にお伝えした通り、彼女に似合うドレスを見立ててほしい」

そう言って、悠吾は紗奈の背中をそっと押す。そうされたことで一歩前に踏み出す形になった紗奈を見て、松林は目尻に皺を寄せる。

「悠吾様にお似合いの可愛らしいお嬢様で」

「え、あの……お似合いなんて……」

思いがけない言葉が恥ずかしくて顔の前で手をパタパタさせていると、悠吾が紗奈の肩に手を載せて言う。

「俺の自慢の恋人だ」

「えっ！」

ただの演技だとわかっていても、その紹介はやっぱり恥ずかしい。顔を真っ赤にして、彼を見上げる。

そのやり取りに、松林はまた目尻に皺を刻む。

「悠吾様も人が悪い。こんな素晴らしいパートナーがいらっしゃるなら、早く紹介してくだされればよろしかったのに」

「簡単に人に紹介するのがもったいなくてね」

悠吾はさらりとそんなことを言ってのける。

紗奈としては、そんな歯の浮くような台詞、どう反応すればいいかわからない。

顔を赤くして口をパクパクさせていると、松林は優しく微笑んで、「ではこちらへ」と紗奈を店の奥へと案内する。

「え、悠吾さんは？　一緒に行かないんですか？」

初めて訪れたラグジュアリーな空間に圧倒されているのに、彼と引き離されるなんて……。紗奈がすがるような眼差しを向けると、悠吾がからかいの表情で聞く。

「着替えについていっていいのか？」

その言葉に、紗奈はハッと息を呑んだ。

「駄目ですっ！」

自分が彼になにをお願いしていたのか理解して、紗奈は慌てて首を横に振る。

「どんなふうに変身するか楽しみにしている」

笑いをかみ殺す悠吾に見送られ、紗奈は松林と共に奥へと向かう。

店の奥にはいくつかの部屋があり、紗奈はその中のひとつに通された。

中は六畳程度のフィッティングルームになっていて、すでに数着のドレスが用意されている。

「悠吾様のお衣装に合わせて数点の候補を用意させていただきましたが、お気に召すものがなければ、他のものをお持ちいたします」

そう言われて、紗奈はラックに掛けられているドレスを確認していく。

どれもお洒落で素敵なデザインだけど、だからこそ自分に似合うとは思えない。

（だったら、一番安いドレスにしよう）

そう思って値札を探すのだけど、どのドレスにもそれがない。

途方に暮れた顔でドレスを見比べていると、松林がロング丈の赤いドレスを勧めてきた。脚を隠せるのはいいのだけど、かなり背中が開いた大胆なデザインをしている。

でもそれを断っても、他になにを選べばいいのかわからないので、結局はそれを着ることにした。

「では、一度着ていただいて、サイズの調整をさせていただいてもよろしいですか？」

この店ではサービスとして、購入したドレスのサイズ調整をしているのだという。

ひとりひとりのボディーラインに合わせて裾や腰回りを調整することで、ドレスの魅力を最大限に引き出せるそうだ。

フィッティングを待つ間に、紗奈はエステとプロのメイクを受けることになっている。

「悠吾さんは、このお店をよく利用されているのですか？」

ドレスを着て松林が針を打つ間、紗奈はふと思いついた疑問を投げかけてみた。

悠吾と松林はかなり親しげな様子だったので、なんとなく気になったのだ。

紗奈の質問に、松林は手を動かしながら答える。

「ええ、今はご本人様のスーツを準備させていただくことがほとんどですが、昔からお母様に付き合ってお越しになられていました」

「お母様……」

「悠吾様のお母様は開店当時からお客様で、まだ学生だった悠吾様もご一緒に来店されることがあったんです」

なるほど。だから悠吾のことを、苗字ではなく下の名前で呼んでいたのかと、納得がいく。

男性向けのスーツも扱っているらしいけど、女性向けの品が圧倒的に多いこの店のオーナーと悠吾が親しげな理由が理解できた。

「悠吾さん、お母さんの買い物に付き合うなんて、優しいんですね」

日用品の買い出しならともかく、慶一なら恥ずかしがって母親のこういった買い物には絶対付き合ったりしない。

オフィスでは知ることのない、彼の新しい一面をまた知った。紗奈がそんなふうに思っていると、松林が重い息を吐く。

それは無意識のものだったのだろう。

紗奈が視線を向けると、さっきのため息を取り消すように口元を手で隠した。

なにか事情がありそうな気がして紗奈が聞く。すると松林は、鏡越しにこちらの表情を窺う。

「どうか、されました？」

そのまま数秒見つめ合っていると、松林は困ったような顔をして言う。

「古賀ご夫妻は、夫婦として少々距離があるようで、夫婦同伴で出席するような公の場でも、お父様の代わりに悠吾様がお母様に付き添われることがあるものですから」

神妙な顔でそんなことを話す松林は、最後に「マザコンだとか思わないであげてくださいね」と付け足す。

紗奈のことを悠吾の本物の恋人だと思っている彼女は、紗奈が変な誤解をしないか心配していたみたいだ。

「大丈夫です」

そう返事をして、紗奈は彼の父についての記憶を掘り返す。

彼の父である古賀昌史(まさし)氏は、古賀建設の専務を務めているので顔はわかる。でも紗奈にとっては雲の上の存在すぎて、顔と名前以外それといった情報が思い出せない。

(あとは確か、婿養子だよね)

どこまで本当なのかは知らないが、専務はもともと社長秘書だったが、密かに社長のひとり娘と交際し、彼女が妊娠したことにより社長が渋々結婚を認めたという話を耳にしたことがある。

そのため、社長は娘婿である専務を飛ばして、悠吾に社長の座を譲るのではないかと噂されている。

もしかしたら、彼の両親の仲がよくない理由もその辺にあるのかもしれないけど、それは紗奈が詮索するような話ではない。

そう判断した紗奈は、先ほど聞いた話を意識の隅に追いやって、早く忘れることに決めた。

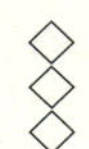

カクテルスーツに着替えた悠吾は、応接スペースで雑誌を読みながら紗奈の支度を待っていた。

視線は手元の雑誌に向けられているけど、文字を全然追えていない。

頭の中では、紗奈と過ごした時間のリプレイを繰り返していた。

最初こそぎこちなさがあったが、一日を通して彼女は、心から楽しそうに過ごしていた。

真に迫った演技をするための模擬デートのはずが、無邪気に喜ぶその姿につられて、気が付けば悠吾も自然と楽しんでいたのだ。

「どうかしている」

ポツリと呟き、首筋を撫でた。

普段の自分は、簡単に他人に気を許したりはしない。それなのに、いつの間にか紗奈につられてくつろいだ時間を過ごしている。

それは紗奈の演技がうまいからというより、自分が彼女の人柄を信用しているからだろう。

相手が他の誰かなら、自分はこんなふうにリラックスすることはない。

そう思うと、今日一日でこの関係を終わらせるのが惜しくなる。

そんな考えに辿り着いた時、人が近付く気配に顔を上げた。視線の先にいる紗奈の姿に、思わず目を見開く。

「あ……」

「ごめんなさい。似合ってないですよね……」

思わず声を漏らした悠吾に、紗奈が申し訳なさそうに肩を落とす。

だけどそうじゃない。

「その逆だ。すごく似合っている」

そう微笑んで、悠吾は立ち上がる。

さっきまで紗奈は、上品なデザインのワンピース姿で、清楚なお嬢様という感じだった。

だけど赤いドレスに着替えた彼女は、髪を緩く結い上げ、形のよい目を強く印象づけるメイクをし、全体的に昼間とは異なる女性的な魅力に溢れている。

大ぶりなイヤリングとネックレスが、華奢な首筋を際立たせているのも魅力的だ。

蕾だった花が一気に開花したような変貌ぶりに驚いて、それを表現する上手な言葉が見つけられない。

近付いて、背中に大胆な切れ込みが入っていることにも驚かされる。

マジマジと見つめる悠吾の視線に、紗奈は照れくさそうにはにかむ。

「それは私の台詞です」

彼女にそんなふうに言われ、悠吾は自分の姿を俯瞰（ふかん）してみた。

かなり黒に近い濃紺のスリーピースに、光沢のある織りのネクタイを合わせている。

胸元から覗くポケットチーフは、ネクタイと同系色である。

場に合わせて洒落た着こなしを意識してはいるが、それでも紗奈ほどの華やかさはない。

「どちら様もお似合いですよ」

松林が、お互いの姿に目を見張る紗奈と悠吾を見て笑う。

「悠吾様がこんな可愛らしいお嬢様を連れて現れたら、パーティーに参加される方は、さぞ驚かれるでしょうね」

母がこの店の常連で、悠吾のことを学生時代から知る松林がしみじみした声で言う。

その言葉に、本来の自分の役目を思い出したのか、紗奈の表情が引き締まった。

緊張でさっきまでの柔らかな雰囲気が失われたことを残念に思いながら、彼女に向かって肘を突き出す。

「では行こうか」

そう声をかけると、紗奈は「はい」と、悠吾の肘に自分の腕を絡めた。

悠吾のパートナーとしてパーティーに参加した紗奈は、場の絢爛さにただただ圧倒されていた。

今日のパーティーは、海外で有名な賞を受賞した映画監督の凱旋を祝うもので、業界関係者も多く出席しているのだという。

会場は、紗奈が一生足を踏み入れることもないと思っていた老舗ホテルの宴会場で、それだけでも十分緊張するのに、参加者の中にはメディアで見かけたことのある人たちもいる。

その誰もが華やかに装い、非日常感に溢れている。

悠吾に言われるままドレスに着替えた自分を見た時は、別人としか思えない姿に、派手すぎるのではないかと不安になったけど、そんなことは全然なかった。

色とりどりの花が咲き誇る温室の中のように、会場は美しく着飾った人々で溢れている。

そんな中でも、悠吾の存在感は別格だ。

紗奈は自分の隣に立つ悠吾の姿をチラリと見た。

彼が着ているのは、洒落たデザインだけど落ち着いた色合いのスーツで、そこまで派手さはない。それにもかかわらず、周囲の視線は自然と悠吾へと引き寄せられていく。

そこに男女の違いはない。引力に導かれるように悠吾を見て、その後で、彼のかたわらにいる紗奈に気付いて微妙な顔をする。それは紗奈ごときでは、彼に相応しくないということだろう。

（こういうのをカリスマ性って言うのかな？）

「どうかした？」

紗奈が感心していると、視線に気付いた悠吾が聞く。

「私は、なにをすればいいですか？」

あなたに見惚れていましたなんて、恥ずかしくて言えない。正直に答えず、質問に質問で返す。

悠吾は紗奈の腰に腕を回し、体を密着させて囁く。

「仲よくして」

低く掠れた彼の声が耳元で聞こえて、紗奈の心臓が大きく跳ねた。

思わず、紗奈は自分の胸に手を添える。

悠吾が言っているのは、もちろんそういう演技をしてくれという意味だ。

それがわかっていても、完璧とも言えるイケメンに腰を抱かれ、艶のある笑顔を向けられるとどうしてもドキドキしてしまう。

手で押さえていると、心臓が早鐘を打っているのが伝わってくる。

紗奈は、彼に自分の鼓動の速さを悟られるのではないかと緊張して息を詰めた。

「どうかしたか？」

口を真一文字に引き結んで若干挙動不審になる紗奈に、悠吾が怪訝(けげん)な顔をする。

彼が腰に回していた腕を離してくれたので、紗奈は彼から距離を取り、気を取り直すように周囲に視線を向けた。

「なんでもないです。それじゃあ、仲よく一緒になにか食べますか？」

会場は立食形式になっており、料理が載せられたテーブルが間隔を空けて並んでいる。料理は食べやすいよう小さくカットされ、彩りよく盛り付けられてどれも美味しそうだ。

せっかくなので、少しくらい食べてみたい。

紗奈の誘いに、悠吾は笑顔で頷く。

「いい考えだな」

彼と連れだってテーブルを見に行き、皿に料理を取り分けてもらう。

悠吾は車の運転があるのでアルコールは控えるが、紗奈にはせっかくだからと勧めてくれた。だが紗奈はそれほどアルコールに強くないのでそれを断った。

それでも食事やノンアルコールのカクテルも豊富で、残念に思うことはない。

味の感想を言いながらふたりで楽しい時間を過ごしていると、「悠吾さん」と、彼の名前を呼ぶ声が聞こえた。

見ると、少しつり目で、艶やかな髪を高い位置に結い上げ、タイトな青いドレスを着た細身の女性が立っていた。

年齢は紗奈より少し上だろうか。可愛らしい顔立ちをしているのだけど、ツンと尖った唇や大きな目に気の強さが滲み出ている。

「悠吾さん、その方は？」

悠吾に問いかけつつ、女性は紗奈を睨む。

彼女の険のある視線から守るように、悠吾は再び紗奈の腰に腕を回し、自分の方へと引き寄せた。それを見て、青いドレスの女性の表情がますます険しくなる。

悠吾の振る舞いで、彼女は紗奈が彼にとって特別な存在であると認識したようだ。

それだけで十分なはずなのに、悠吾は、紗奈の髪に顔を寄せて薄く笑い、彼女の感情を煽る。

「……悠吾さん」

敵意を隠さない彼女の視線がいたたまれなくなって、紗奈は悠吾の胸を軽く押す。

そこでやっと悠吾は女性に視線を向け、涼しい顔で言う。

「明日香さん、お久しぶりですね。あなたもこのパーティーに参加されていたんですね」

近くのテーブルにグラスを置いた悠吾は、さも偶然といったふうに微笑む。

けれどすぐにその笑顔を紗奈へと移す。

それを受けて、紗奈も自分の役目を果たすべく精一杯の微笑みを返した。

見つめ合って微笑むふたりの姿に、明日香と呼ばれた女性が唇をわななかせて聞く。

「その女は誰ですの？」

「私の愛する人です」

見てわからないのかと問いかけるような間を空けて、悠吾が言う。

明日香は深く息を吸った。

「そんな話、私は聞いていません。私との結婚はどうされるつもりですのっ！」

音量こそ絞ってはいるけど、声に激しい怒りが滲み出ている。

その声に、悠吾はため息を漏らす。

「あなたと結婚する意思はないと、再三お伝えしてきたつもりです」

だから自分たちの関係を伝える必要はないのだというように、悠吾は紗奈に顔を寄せて艶やかに微笑む。

明日香はカッと目を見開く。

「でも私たちが結婚式を挙げる際には、ぜひ招待させてください」

すぐには言葉を発せずにいる明日香に、とどめを刺すように悠吾が言う。

「あなたは、私の夫になるはずですっ！　あなたのおじい様は、東野家と縁戚関係を結べることを喜ばれていますよ」

「そんなの、おかしいです」

ひどく高圧的な明日香の言葉に、紗奈は思わず口を挟む。

紗奈が発言すると思っていなかったのか、悠吾と明日香が揃って驚いた顔でこちらを見た。そのことに、若干の緊張を覚えながら紗奈は言う。

「人の心は、他人が支配できるようなものじゃないです。彼が人生のパートナーに誰を選ぶか、それは本人の自由です」

悠吾の意思を無視して、彼と結婚するのが自分の権利だと主張する彼女の考えが理解できない。

紗奈の発言に、明日香の眉間がピクリと跳ねる。

「何様のつもりなのっ！」

感情任せに一歩前に踏み出す明日香から庇うように、悠吾が紗奈の前に出る。

「彼女は、私が選んだ人だ。それで納得がいかないというのであれば、私が話を聞こう」

凄む彼の瞳には、不用意に触れることが許されない切れのいい刃物のような気迫がある。

かたわらで横顔を見上げている紗奈でさえ肌が粟だったのだ、睨まれている明日香はたまらないだろう。

「お、おじい様に話しますっ」

それがせめてもの虚勢だったのだろう。

明日香は裏返る声でそう言うと、踵を返して立ち去っていく。

コツコツとヒールを鳴らして明日香が立ち去る。その背中を見送る悠吾が耳元で「ありがとう」と囁く。

その声があまりに優しくて、無事に恋人役を演じきったお礼を告げられているだけとわかっていてもドキドキしてしまう。

「無事に役目を果たせてよかったです」

紗奈の言葉に、悠吾は首を軽く横に振る。

「人の心は、他人が支配できるようなものじゃない……全くだ」

小さく笑って、悠吾は紗奈の腰に回していた腕を解く。そして、何事かと遠巻きにこちらの様子を窺う人たちに軽くお辞儀をした。

「じゃあ、これで私のお役目は終わりですね」

（シンデレラの魔法が解ける時って、こんな気分だったのかな？）

彼との楽しい時間の終わりが訪れたことを寂しく思いながら、紗奈が頭を下げようとした、その時。離れた場所から再び彼の名前を呼ぶ声がした。

「悠吾」

声のした方を見ると、白髪交じりの髪を丁寧に撫でつけている男性の姿があった。目が細く鷲鼻（わしばな）が印象的なその人の顔を見て、紗奈は思わず口元を手で隠した。隣に立つ悠吾も緊張したのがわかる。

「お前が来ているとは思わなかったよ」

感情を感じさせない声で悠吾に声をかけるのは、彼の父で古賀建設の専務でもある古賀昌史だ。

自社の重役の登場に、紗奈は緊張で体を硬くする。

（大丈夫。専務は、私の顔なんて知っているはずない）

自分で自分にそう言い聞かせて、横目で悠吾の様子を窺う。見ると彼も、難しい顔で黙り込んでいる。

「悠吾さん？」

心配になって紗奈が名前を呼ぶと、彼はハッとした感じで表情を取り繕う。

「専務もお越しになっていたんですね」

同じ会社に勤務する者としての礼儀なのだろうか？　悠吾は、社交辞令的な笑みを浮かべて父親を役職で呼ぶ。

話しかけられた昌史は、紗奈と悠吾を見比べて視線でふたりの関係を問いかけるが、悠吾に答える気はないらしい。

視線を逸らし黙りを決め込む悠吾に、昌史は冷めた息を吐いて言う。

「お前がいると知っていたら、私は参加しなかった」

実の親子の会話とは思えないやり取りに、紗奈は目を丸くする。

「私はもう帰りますので、専務は気兼ねなくお楽しみください」

悠吾は気にする様子もなく、一礼すると紗奈の肩を抱いて歩き出した。

「あの……いいんですか？」

悠吾に肩を抱かれ、促されるままに会場を出た紗奈は、一階ロビーまで下りてきたところで戸惑いつつも声を出した。

「いいって？　なにが？　紗奈の演技には感謝しているよ」

「そうじゃなくて……」

悠吾だってもちろん、紗奈がなにを言いたいのかはわかっているはずだ。

わかっていてあえてとぼけるのは、そのことに触れてほしくないからなのだろう。

だとしたら、それ以上踏み込んではいけない。

「せっかくの料理、ほとんど食べられなかったから」

胸に渦巻く感情を呑み込んでそう言うと、悠吾は一瞬、虚を衝かれた顔をした。

でも次の瞬間、ふわりと笑う。

「確かに、もったいないことをしたな」

柔らかな表情でそう返して、悠吾は紗奈に手を差し出す。

「え？」

戸惑う紗奈に悠吾が言う。

「お詫びにどこかで食事をしてから送らせてくれ」

パーティー会場を後にした段階で、紗奈の役目は終わったものだと思っていたが、まだ継続しているらしい。

（今日一日くらい、いいよね）

彼の恋人役は、今日一日限りのアルバイト。週が明ければ、紗奈と悠吾の距離は本来の形に戻る。

今日みたいな時間を一緒に過ごすことは二度とないのだから、最後にもう少しくらい恋人ごっこをするのも悪くない。

「はい」

紗奈は満面の笑みで頷いて、彼の手を取った。

夢から覚めた後の日常

翌週の水曜日、紗奈は自分のデスクでデータ入力をしつつ、自席で仕事をする悠吾の様子を盗み見た。

アルバイトとして彼の恋人役を演じたのは、先週の土曜日のこと。

パーティー会場を抜け出した後、ふたりで食事をして、それでもすぐに離れるにはなんだか名残惜しくて、彼の車でドライブを楽しんでから家まで送ってもらった。

別れ際、悠吾は『今日は、色々な意味で君に救われた』と、紗奈に改めてお礼を伝え、優しい笑顔を見せていた。

普段オフィスで〝冷徹王子様〟と呼ばれている彼と同一人物とは思えない柔らかな表情に、見惚れてしまったのは紗奈だけの秘密だ。

素敵なドレスを身にまとい、見目麗しい王子様のエスコートでパーティーに出席する。その全てが、紗奈にとっては夢のような時間だった。

二週連続で着飾った姉の姿を見て慶一はかなり戸惑っていたけど、その反面、年相応の女性らしくお洒落をする姿に喜んでいた。

慶一から、自分の存在が、紗奈の負担になっているのではないかと気にしていたと打ち明けられて驚いた。

長年胸に燻らせていた思いを言葉にできたのは、悠吾とのデートから帰ってきた紗奈の表情が活き活きしていたからだという。

そんな慶一を安心させたくて、つい『お姉ちゃんにも、デートする恋人くらいいるんだから』と嘘をついてしまったのは、痛い失敗なのだけど。

適当なタイミングを見て、慶一には、『恋人とは別れた』と、もう一度嘘をつかなくてはいけない。

仕事をしながら頭の片隅でそんなことを考えていると、誰かが「部長」と、悠吾に話しかける声が聞こえた。

（こうやって、仕事をする部長を見ていると、あの日のことが夢だったんじゃないかって思えてきちゃう）

声につられて視線を向けると、部下に話しかけられた悠吾は、差し出された書類の内容を確認してなにか指示を出している。鋭い眼差しで采配を振るうその姿は、相変わらずの〝冷徹御王子様〟といった感じだ。

あの夜、紗奈を魅了した優しい笑顔の片鱗も感じられない。

紗奈の方も、月曜日からはこれまでと変わりなく、眼鏡にお団子ヘアで出勤している。髪の色は以前より少し明るくなったけど、服装やメイクも今まで通りだ。

もちろんふたりの間に会話もないので、悠吾から紗奈の口座に振り込まれたバイト代の記録と、彼に買ってもらったドレスがなければ、本当に夢だったのではないかと思っていたことだろう。

その時、悠吾のデスクの電話が鳴った。

話をしていた部下に断りを入れて電話に出た悠吾の顔が、一瞬で引き締まる。

もとからにこやかに話していたわけではないが、それでも一段と険しくなるその表情に、ただならぬものを感じていると、受話器を戻した悠吾が部下に言う。

「すまない、社長室に呼ばれたので、続きは後にさせてくれ」

そして軽くデスクを片付けると、そのまま立ち上がり席を離れる。

踵を鳴らしてフロアを出ていく悠吾の姿が見えなくなると、緊張から解放されたのか、話をしていた社員が胸を撫で下ろしている。

誰かが「社長直々の呼び出しって、本当に専務の存在薄いよな」と囁くのが聞こえた。

「部長の出来がよすぎるんだよ。婿養子の専務は、実の息子をひがんで毛嫌いしているもんな」

他の誰かがそう応じた。

それをきっかけに、そのまま次期社長が誰になるのか、小声で囁き合う声がそここで聞こえる。

紗奈はそれらの声は聞こえないフリで、データ入力に専念する。

でも頭の片隅では、どうしても土曜日のことを考えてしまう。

パーティー会場で遭遇した自分の父親を、悠吾は役職で呼び、冷めた口調で話しかけていた。父である昌史の方も、息子と話している感じはなく淡々としたものだった。

（お父さんを早くに亡くしたからよくわかんないけど、慶一とお父さんは、もっと仲よしだったよね）

慶一が反抗期を迎える歳まで父が健在だったら、多少はケンカとかしたのかもしれない。それでも悠吾と昌史のような、冷めたものにはならなかったはずだ。

セレクトショップの松林も、彼の両親の仲が悪いようなことを言っていたから、家族仲は良好じゃないのかもしれない。

それにデートの際に悠吾が『会社での俺は、組織の歯車でしかないんだから、個人の感情なんて不要だ』と言っていたことも気にかかる。

（以前は、部長みたいに裕福な家に生まれれば、なんの憂いもなく安心して暮らせるのだと思っていたけど、違うのかも……）

そこまで考えて、紗奈は首を振る。

（なんか私、最近部長のことばっかり考えている）

バイトは終わったのだから、彼と自分はただの上司と部下の間柄にすぎない。

本物の恋人というわけでもないのだから、あれこれ考えるなんてどうかしている。

自分の思考から悠吾の存在を追い出したくて両頬を軽く叩いていたら、向かいのパソコンの陰からみゆきが顔を覗かせて「寝そうになっていたでしょ」と笑う。

「違います」

「眠気覚ましに、総務までこの書類届けてくる気ない？　私、あそこに苦手な人がいるんだよね」

みゆきは紗奈の抗議を無視して、こちらにA４ファイルを差し出してくる。

眠くはないけど気分転換にちょうどいいので、そのお使いを引き受けることにした。

立ち上がると、他の社員もついでの用事を頼んでくるので、それも引き受けた。

それから三十分ほどかけて古賀建設本社ビルを上に下に移動しながらお使いを済ま

せた紗奈は、飲み物を買ってから自分のオフィスに戻ることにした。

普段は水筒を持ってきているのだけど、今日は忘れてしまった。コンビニで買うより、社内の自販機で買った方が安いので、そういう時はいつもそうしている。

休憩を取るには中途半端な時間なので、自販機がある休憩スペースには誰もいないと思っていたのに、数組の椅子とテーブルが置かれているその場所には先客がいた。

「部長？」

紗奈が遠慮がちに声をかけると、自販機の横に置かれた長椅子座り、自販機に肩を預けてぼんやりしていた悠吾がこちらへと視線を向けた。

「松浦君も休憩か？」

悠吾は、気まずそうに肩をすくめる。

それが当たり前なのに、彼に苗字で呼ばれることが寂しい。

「私は飲み物を買ったらすぐに戻ります。部長はゆっくりしていてください」

悠吾がひどく疲れているように見えて、早口に伝える。

紗奈が自販機の前に立つと、悠吾も立ち上がり、紗奈の体を包み込むように背後から腕を伸ばしてきた。

「部長？」

彼の行動に驚いた紗奈が戸惑いの声をあげると、悠吾はそのまま自販機の電子マネーリーダーに自分のスマホを添えて言う。

「サボっているのを見つかってしまったからな。口止め料に奢らせてくれ」

「サボるだなんて、いつも誰よりも一生懸命仕事されているじゃないですか」

「認めてくれてありがとう」

首筋に触れる息遣いで、彼が薄く笑ったのがわかった。

オフィスでは悠吾の笑顔などまず見ることはない。彼の貴重な笑顔を見逃してしまったようだ。

それを残念に思いつつ「なにかあったんですか？」と問いかけた。

「なにか？」

悠吾が質問に質問で返す。

彼がそういう言い方をするのは、自分の内側に踏み込んでほしくない時だということは、なんとなくわかる。

それでも放っておけなくて、紗奈はもう一歩踏み込む。

「あまりひとりで抱え込まずに、私にできることがあるなら言ってください」

「え？」

触れる背中で悠吾が息を呑むのを感じた。

思わずといった感じで、彼がそんな反応を示すのは、それだけ重たいものをひとりで背負っているということなのだろう。

（私にできることなんてなにもない……）

そんなふうに割り切ってしまうのは簡単だけど、それで彼に孤独な思いをさせたくない。

紗奈は首をそらせて、できるだけ気軽な口調でう。

「雇われですけど、私は悠吾さんのパートナーなんですから」

それは一夜のかりそめの関係だったことは承知している。でも彼を孤独にしたくなくて、あえて鈍感なフリをして微笑む。

目が合った悠吾のまとう空気がわずかに和む。

それをうれしく思っていると、悠吾に「なにを飲むの？」と聞かれた。

「あ、すみません」

自分たちがかなり密着していることを思い出し、紗奈は慌ててミネラルウォーターのボタンを押した。

直後、ガタンと大きな音がする。

その音に悠吾は、紗奈の肩に右手を載せて左腕を取り出し口に伸ばす。自然と体が密着して、彼のまとう香水のにおいを感じた。

ただそれだけのことに紗奈が胸を高鳴らせていると、悠吾は紗奈の頬に取り出したペットボトルを押しつけてくる。

「ヒャッ」

不意打ちの冷たさに、紗奈が小さな悲鳴をあげた。

驚いて腰を捻(ひね)って後ろを見ると、悠吾がニヤッと笑う。

「悪い。そんなに驚くとは思わなかったんだ」

「もう」

悪戯(いたずら)好きの少年のような笑顔を見せる彼を睨んで、紗奈はペットボトルを受け取る。

思わず拗(す)ねた声を出してしまったけど、その後で「ありがとうございます」とお礼を付け足す。

「相変わらず、君は人がいいな」

体を密着させたまま悠吾は紗奈に「君との契約はまだ継続中と思っていいのかな?」と確認する。

「え?」

悠吾がそんなことを言うなんて思ってもみなかった。

思わず声を跳ねさせる紗奈に、悠吾が再度聞く。

「俺は君のことを、まだ自分のパートナーと思っていいのかな」

「はい」

あの日、アパートまで送ってくれた悠吾が見せた優しい笑顔が胸に蘇るのを感じながら紗奈は即答する。

すると悠吾は自販機に片腕を預け、紗奈の顔を覗き込んで言う。

「では俺と結婚してもらおうか」

「えっ」

紗奈は素っ頓狂な声を響かせる。

その反応を味わっているのか、十分な間を取ってから悠吾が続ける。

「先ほど社長に呼び出されて、先日のパーティーでの件を叱責された。先方も祖父も、俺に想う人がいるくらいでは納得してくれないらしい。それどころか見合いをすっ飛ばして、強引に縁談に持ち込みそうな雰囲気だ」

「そ、それは大変ですね」

先日顔を合わせた明日香の言動を思い出す。

相手の感情を無視して自分の意見を押し付ける彼女は、自身の傲慢さを隠そうともしていなかった。あの場では、悠吾の気迫に負けて言葉を呑み込んだけど、納得はしていなかったようだ。

そのことに同情はするのだけど……。

「だ、だからといって、結婚というのは飛躍しすぎでは？」

顔を引きつらせる紗奈に、悠吾はいやいやと首を横に振る。

「向こうが聞く耳を持たないのであれば、俺も次の対抗策を講じなくてはいけないと思っていたところなんだ」

「それが、私との……」

（結婚でしょうか？）

思考が追いつかず、紗奈は頬を引きつらせる。

「目の前に契約続行中のパートナーがいるんだ、悪くない発想だろ？」

軽く顎を上げ、誇らしげな口調で続ける。

「先に他の女性と籍を入れておけば、さすがに強引に縁談を進めることはできないだろ」

「た、確かにそうかもしれませんけど……」

だからと言って、紗奈と結婚をするなんて。

「たった今、『できることがあるなら言ってください』と申し出てくれたじゃないか」

「それは、そうですけど……」

ついでに言えば、契約続行中を宣言したのも自分だ。

とはいえ、さすがに結婚するのは無理がある。

尻込みする紗奈を追いつめるように、悠吾は強気な表情でたたみかける。

「なんだ？　他の男性と結婚の予定でもあるのか？」

「そんなの、あるわけないです」

先日も言ったことだけど、恋人いない歴イコール年齢なのだ。

「では、問題ないな」

「問題、大ありです。私なんかが、部長の奥さんになるなんて……」

なにせ相手は、古賀建設の御曹司様なのだ。紗奈が彼の妻になるなんてありえない。

そう訴えても、悠吾は「かまわん」と一笑に付す。

「結婚するなら、俺は君がいい」

「……っ」

もちろんそれは、自分と明日香を比較した消去法の意見にすぎないのだろう。

それでもその一言に、彼の恋人役を演じた一時を思い出し、紗奈の心に熱が灯る。

あの日、彼が自分に向けてくれた優しい笑顔を再び見ることができるのなら、この提案を受け入れてもいいのではないかという思いが頭をよぎった。

それほどに、紗奈にとって彼と過ごしたあの一時は特別なものとなっている。

些細な表情の変化で、紗奈の感情の変化を読み取ったのだろう。

悠吾は艶っぽい笑みを浮かべる。

「それとも松浦君は、私が夫では不満ということか？　そうなら、君のためにできる限りの改善をさせてもらうが？」

悠吾はそう問いかけて、こちらの思いを探るように目を細める。

男としての色気に溢れた艶っぽいその表情に、紗奈は思わず言葉を詰まらせる。

（ズルい）

自分の見せ方を熟知している仕草に、悔しいけど見惚れてしまう。

フリーズして黙り込む紗奈に、悠吾は結婚の条件を並べていく。

「もちろん、夫婦と言っても形だけの関係だ。一緒に暮らすとしても、寝室は別でかまわない。ほとぼりが冷めたら離婚しよう」

「つまり、期間限定の契約結婚ということですか？」

確認する紗奈の言葉に、悠吾が頷く。

「そういうことになるな。結果として、松浦君には離婚歴が残ってしまう。そのお詫びも兼ねて、バイトの追加料金として君の弟が大学を卒業するまでの授業料と生活費の面倒を見させてもらう」

「そんな大金、受け取れません」

「それでは、俺の気が収まらない。こんな茶番に君を付き合わせる以上、それ相応の対価を支払わせてくれ」

その破格の条件は、紗奈と一緒にいたいからではなく、明日香と絶対に結婚したくないからだ。

彼のその言葉に、わずかな胸の痛みを覚えて黙り込む。

それでも、悠吾の助けになりたいという思いが勝ち、紗奈は覚悟を決める。

「わかりました。その提案、受けさせていただきます」

お金の問題は、また彼と話し合うつもりではいるし、自分が自社の御曹司様と結婚だなんてとんでもない話だ。だけどそれ以上に、あの明日香という女性が悠吾の妻になるなんてありえない。

それに本音を言えば、オフィスで見かける〝冷徹王子様〟と呼ばれている彼とは異なる顔をもっと見ていたいと思いもある。

紗奈の言葉に悠吾が表情を和ませた。

先ほどまでの、自分の見せ方を熟知した計算尽くの表情とは異なる自然な笑顔に、紗奈の顔が熱くなる。

「助かる。君に損をさせない夫になれるよう努力させてもらう」

悠吾は紗奈の肩を軽く叩き、姿勢を直してその場を離れていった。

彼の背中を見送った紗奈は、脱力してその場にズルズルと座り込む。

先ほど悠吾に買ってもらったペットボトルを首筋に当てて、必死に自分を落ち着かせる。

「結婚？　私が？　古賀部長と？」

そう呟いてみても、少しも実感が湧いてこない。

でも彼が冗談を言っているとは思えないから、本気なのだろう。

新婚生活の始まり

「姉ちゃん、本当に大丈夫なの？」

　三月末、新幹線のホームまで弟である慶一の見送りに来ていた紗奈は、深刻な顔をする弟の言葉に吹き出してしまった。

「なにそれ？　それはお姉ちゃんの台詞でしょ。本当に向こうまでついていかなくていいの？」

　笑われて、慶一は困り顔で頭を掻く。

　今日、慶一は大学進学のために、東京を離れてひとり暮らしを始める。

　国立大学の受験は残念な結果に終わってしまったが、それでも姉として、現役で医大合格を果たした弟を誇らしく思う。

「そうなんだけど、姉ちゃん、俺の学費のために無理してあの人と結婚するんじゃないの？」

　慶一の視線は、旅立つ直前の姉弟の会話を邪魔しないようにと、離れた場所にいる悠吾に向けられている。

「な、なんでそんなことを言うのよっ！」

顔の前で手をヒラヒラさせて慌てる紗奈に、慶一が言う。

「だって、俺の学費も生活費も、全部あの人が出してくれることになっただろ？　姉ちゃんと、結婚するからって」

そうなのだ。

あの日、恋人役の延長で紗奈に偽装結婚を迫った悠吾は、その代わりに慶一が大学を卒業するまでの学費と生活費の負担をすると言って譲らなかった。

紗奈は必死に断ったのだけど、悠吾に議論で勝てるわけもなく、結局は彼の提案を受け入れる形となったのだ。

学生時代、勉強とバイト三昧で学生らしい思い出のない紗奈としては、悠吾に申し訳ないとは思いつつも、弟にまで同じ苦労をさせたくないという本音もある。ましてや慶一が進むのは医学部だ。課題や実習も大変だろうから、自由になる時間は、学生らしい思い出を作ることに使ってもらいたい。

だからとっぴなこととはいえ、彼の申し出に感謝している。

今日、慶一を見送ったら、その足で悠吾と区役所に赴いて婚姻届を出し、彼がひとり暮らしをするマンションに引っ越すことになっている。

「確かに、経済的には悠吾さんに頼る形になっちゃったけど。そういうこととは関係なく、お姉ちゃんは、あの人と一緒にいたいと思っているんだよ」

紗奈はそっと微笑む。

彼が紗奈に結婚を申し込んだのは、あの明日香という女性との結婚を避けるためだ。紗奈をその相手に選んだのは、消去法の結果にすぎない。

紗奈がそれを引き受けたのは、相手が悠吾だからだ。もし他の誰かが相手なら、今以上の条件を提示されても受けたりはしなかった。

デートをした日に見せてくれた彼の笑顔が忘れられない。

オフィスとは別人のような彼の一面を知り、彼のために自分にできることをしてあげたいと思ったのだ。

紗奈ごときが理解したような口をきくのはおこがましいことだけど、悠吾はなにか大きな重荷を背負って生きているような気がしてならない。大企業の御曹司なのだから、当然といえば当然かもしれないが、悠吾からは会社経営の重責云々とは別の苦悩を感じる。

だから、少しでいいから彼の助けになりたくて結婚を決めたのだ。

そんなふうに思うのは、彼に特別な感情を抱いているからなのかもしれない。

でもそれは、自分ごときが口にしていい感情ではないと、紗奈は心に蓋をする。

「いい奥さんになれる自信はないけど、精一杯悠吾さんを支えていくつもりよ」

紗奈の決意表明に、慶一は顔をほころばせる。

「頑張って。まあ普通に考えたら、悠吾さんみたいなすごい人が、恋愛感情もなしに姉ちゃんと結婚したいなんて思うわけないよな」

「そうでしょ」

「逆に、悠吾さんが無理して姉ちゃんと結婚するんだったりして」

慶一が陽気に笑う。

弟としては、軽い冗談のつもりなのだろうけど、なかなかに核心を突いている。

「姉ちゃん、どうかした？」

グッと黙り込む紗奈に、慶一が首をかしげる。

「なんでもない。……そんなわけだから、慶一はこっちのことは心配しないで、向こうで勉強を頑張ってね」

「ありがとう。医者になったら、悠吾さんに出してもらっているお金はちゃんと返すから」

そう言うと慶一は、離れた場所にいる悠吾に向かって、深々と一礼をして新幹線に乗り込んでいった。

「ありがとうございました」

空気を揺らす豪快な音を立てて走り出す新幹線を見送った紗奈は、離れた場所で待機してくれていた悠吾に駆け寄りお礼を告げる。

「慶一君、生真面目ないい子だな」

カーブを曲がって遠ざかっていく新幹線に目を向けたまま、悠吾が言う。

慶一の進学先が決定した際に、悠吾が、進学祝いにと紗奈たち姉弟を高級な焼き肉店に招待してくれた。

その際に悠吾は慶一に、自分は紗奈と結婚するつもりでいることと、義兄として彼の学費などは自分が負担すると話したのだ。

突然の姉の結婚宣言に、慶一はかなり驚いていた。

そして悠吾から経済支援を受けることで、姉の精神的負担になってはいけないと、最初はその申し出を断った。

悠吾は、弟のそんな性格をとても気に入ってくれたようだ。

支援するお金は、慶一の未来への投資だから将来返してくれればいいと納得させ、大学近くの物件を探してくれただけでなく、ひとり暮らしを始めるのに必要な家電など一式も買い揃えてくれた。その上、もしもの時は頼るようにと、近くに住んでいる知人の連絡先まで教えていた。

「自慢の弟です」

紗奈は誇らしげに返す。

「仲がよくて羨ましいよ」

(悠吾さんも、きょうだいが欲しかったのかな?)

紗奈がそんなことを考えていると、悠吾がこちらへと手を差し伸べてきた。

「え?」

「俺たちは、夫婦になるんだろう?」

だから手を繋ごうということらしい。

「はい」

まだぎこちないけど、自分たちは夫婦として歩み出すのだ。

紗奈は、照れつつも彼の手を取る。そしてふたり並んで歩き出した。

(どうしよう。すごくドキドキする)

彼と手を繋いで隣を歩くだけで、胸の高鳴りを抑えられない。

足下がふわふわするような感覚を持て余して視線を上げると、彼と目が合った。

「どうかしたか？」

「な、なんでもないです」

紗奈は素早く首を横に振る。

悠吾にとって、紗奈は契約上の妻でしかないのだ。だから、胸に秘めた感情には目を向けないようにして、紗奈は悠吾の隣を歩いた。

ちなみに紗奈の母は、家の金を使い込み、弟の進学費用全てを紗奈に捻出させたことが気まずかったのだろう。あれから紗奈を避けているし、紗奈が結婚して家を出ると言ったらすごく安堵していた。どうやら母には、一緒に暮らしたい相手がいるようだった。

母が父以外の男性と一緒になることに寂しさを覚えるが、母には母の人生がある。だから紗奈は、そのことは深く考えずに、今回の契約結婚は、家族それぞれの門出のチャンスになったのだと思うことにしている。

悠吾が暮らすマンションを訪れた紗奈は、その広さに圧倒されていた。

彼の住まいは、数年前に社長が陣頭指揮を執り、古賀建設の威信を知らしめるがごとく都心の一等地に建てられた分譲マンションの最上階にある。

「すごい……」

紗奈はリビングの高い天井を見上げて、思わず声を漏らした。

社員として、もちろんこのマンションの存在は知っていたけど、中に足を踏み入れたのはこれが初めてだ。

資料で、床材に大理石を使用していることや間取りの広さ、高層階からは都心の夜景が一望できるといったことは読んでいる。でも知識として知っているのと、実際に目の当たりにするのとでは全然違う。絢爛さに圧倒される。

「とりあえず、ゆっくりしたらどうだ？　今日から君の家になるんだし」

紗奈が呆気に取られている間に飲み物の準備を済ませた悠吾が、そう言ってソファーの前のローテーブルに紅茶を置く。

紗奈の荷物は、引っ越し業者を使うほどの量がなかったので、事前に宅配で送って悠吾に受け取ってもらってある。

荷ほどきにもたいして時間がかからないので、まずはこの状況に慣れた方がいいだろう。

「すみません。ありがとうございます」

眼下の眺望に気を取られていた紗奈は、慌てて駆け寄りソファーに腰を下ろした。

ソファーは海外メーカーのもので、白い革張りのゆったりとした造りをしている。小柄な紗奈なら、ベッドとして使えそうだ。

「新居は気に入ってくれた？」

少し間を空けて、紗奈と並んで座る悠吾が聞く。

「気に入ったというか……」

そこで紗奈が言葉を切って黙り込むと、紅茶を飲もうとしていた悠吾は動きを止めてこちらに視線を向ける。

「なにか不満でも？」

気遣わしげな視線を向けてくる彼に、紗奈は慌てて言葉を足す。

「すごすぎて、色々圧倒されているんです。私なんかが、こんなところにいていいのかなって……」

紗奈の言葉に、悠吾はカップをソーサーに戻して言う。

「俺が、紗奈にいてもらわないと困るんだ」

もちろんそれは、彼が面倒な結婚を避けるためだというのはわかっている。

それでも悠吾みたいな人にそんなことを言われれば、どうしてもドキッとしてしまう。

(落ち着け私っ！　悠吾さんが言っているのは、そういうんじゃないんだから)

でもいくら頭でわかっていても、感情をうまくセーブできない。

紗奈が赤面して黙り込んでいると、ソーサーをテーブルに戻した悠吾が視線を向けた。

「紗奈？」

戸惑い気味に自分の名前を呼ぶ彼は、そのままこちらへと手を伸ばしてくる。

「あっ！」

頬に触れる彼の手の冷たさに驚いて、妙な声が漏れた。それが恥ずかしくて、よけいに心臓がドキドキする。

それなのに悠吾は、紗奈の緊張などおかまいなしに距離を詰めてくる。

紗奈の頬に手を添えてジッと顔を覗き込む。

「紗奈……顔がやけに熱くないか」

そんなことを囁いて、しまいには互いのおでこを密着させる。

(し、心臓が爆発するっ！)

間近に迫る彼の顔の造形のよさに、紗奈が息を止めてひたすら緊張に耐えていると、悠吾がハッと息を呑んだ。

「悪いっ」

早口に謝ると、慌ててふたりの距離を適切なものに戻す。

「いえ。大丈夫です」

そうは答えたけど、顔が熱くてしょうがない。

紗奈は頬を両手で包んで、自分の気持ちを整える。

「心配していただいて、ありがとうございます。顔が赤いのは、その……」

自分の頬をぺちぺち叩きながら、紗奈は少し考える。

そして「天気がよすぎたせいです」と、少々苦しい言い訳をした。

確かに天気はいいけど、まだ三月末なので、のぼせるほどの気温ではない。

「なるほど」

悠吾は前髪を乱暴に掻き上げて窓の外に視線を向ける。そのまま数秒外を見ること
で気持ちを切り替えたのか、紗奈に視線を戻した時には落ち着いた表情になっていた。

「ところでこれからのことだが、会社への報告は、俺に任せてもらっていいか？」

ふたりの結婚のことを、彼は自分の家族に伝えていない。そのため、自分たちの関
係を公にするタイミングは考えさせてほしいそうだ。

事務的な手続きも、なるべく話が広まらないよう、悠吾の方で信頼できる社員に頼

むとのことだ。

とはいえ、同じ会社に勤めているので、それは多少の時間稼ぎにしかならない。

「もちろんです。悠吾さんの都合のいいようにしてください」

紗奈とは違い、悠吾には色々と立場というものがある。

詳しい事情はわからないけど、彼の好きにしてもらってかまわない。

あっさり承諾した紗奈にお礼を言い、悠吾は話題を変える。

「じゃあ、これからどうするかを決めようか」

「これから？　夕飯の心配とかですか？　それなら私がなにか作りますよ」

これまでずっと家のことをしていたので、紗奈はかなり料理が得意だ。

今はまだ十五時過ぎなので、材料の買い出しから始めるとしてもよほど手の込んだ料理でない限り、リクエストしてもらえればなんだって作る。

そう言って腰を浮かせようとする紗奈を、悠吾は笑って引き留めた。

「俺は家政婦が欲しくて結婚を申し込んだわけじゃない。掃除や洗濯は専門の業者に任せているし、食事は外食やケータリングで済ませている。それに今日の夕食は、結婚祝いにレストランを予約済みだ」

（家事は業者任せで、食事は外食やケータリング……）

これまでの暮らしとは、大きく違いすぎる。

その生活水準を維持するにはいくらかかるのだろうかと考えかけたけど、御曹司の彼と自分を比べても意味がないと気が付き軽く頭を振る。

「レストランの予約……なんだか大げさですね」

契約結婚なのだから、そこまでしなくていいのではないか。紗奈としてはそう思うのだけど、悠吾はそうじゃないと首を振る。

「俺としては、夫婦仲よく出歩くことで、俺には特定のパートナーがいると周りに印象づけておきたいんだ。聞かれれば、もちろん紗奈を自分の妻として紹介する。そうすることによって、家族が俺の入籍に気付く前に外堀を埋めておきたい」

「だから、社への報告を任せてほしいって言ったんですね」

紗奈の言葉に、悠吾は頷く。

「世間体を気にする祖父のことだ、そうすればおいそれと離婚を迫ることもできないだろう。それで東野のご令嬢が俺との結婚を諦めた頃合いを見て、紗奈とは離婚するつもりでいるから。あのプライドの高いご令嬢も、自分との縁談を無視されたのに、離婚した後でまで俺と結婚したいとは思わないだろう」

そう語る彼の表情は、オフィスで見かける〝冷徹王子様〟のそれだ。

そのことに、紗奈の胸が妙にざわつく。

以前から思っていることだけど、悠吾が家族について語る時、身内の話をしているとは思えない距離を感じる。

一般家庭で育った紗奈には理解できないだけで、大企業の重責を担うような立場の者としてはそれが普通なのだろうか？

本当のパートナーでもない紗奈が、気軽に口出ししていい話とも思えないので黙っているが、なんとなく胸の奥に重い石がつかえるような気分になる。

紗奈の神妙な眼差しに気付いたのだろう。この場に漂う重い空気を取り繕うように、悠吾は表情を明るいものに切り替えて言う。

「俺が決めようと言ったのは、この先の暮らし方についてだ」

「？」

「君が結婚に望むことを教えてもらいたい。最初に言った通り、俺が望むのは一緒に暮らして、世間的に仲のいい夫婦を演じてほしいということだけだ。その謝礼に、もし途中で離婚するようなことになっても、慶一君が大学を卒業するまでの生活は俺が保証する」

悠吾の言葉に紗奈は考える。

ふたりの寝室を別にすることは、すでに告げられている。

ここのマンションが彼名義の所有物ということもあり、家賃や光熱費の負担も不要とのことだ。

彼としては本当に、世間的に妻として振る舞う以上のことを紗奈に求めていないのだろう。

紗奈としては、慶一の入学金どころか、卒業までの授業料や生活の面倒まで見ると言ってもらえたのだ。それ以上望むものなどない……。

そう伝えようとして、紗奈はすんでのところで大事な見落としに気付いた。

「ひとつだけ、お願いしてもいいですか？」

思わず前のめりになる紗奈に、悠吾は驚いた表情を見せつつ「どうぞ」と先を促す。

「悠吾さんの迷惑にならない範囲でいいので、食事は私に任せてもらえませんか？」

これまで弟の世話をしながら仕事をしてきたのだから、本当は家事全般を任せてもらいたいくらいだ。

だけどあまりこちらの希望を押し通して、彼の生活リズムを崩すのもよくない。

でもせめてケータリング任せにしている食事くらいは、担当させてもらえないだろうか。

「さっきも言ったが、俺は家政婦が欲しかったわけじゃない。経済支援に負い目を感じているのなら……」

困り顔を見せる悠吾に、紗奈はそうじゃないと首を横に振る。

「人間の体は、自分が選んで口にしたものでできているんです。悠吾さんみたいに忙しい方はなおさら、自分に優しくするための食事が必要だからです」

「自分に優しくするための食事？」

微かに目を見開き、悠吾は紗奈の言葉をなぞる。初めての食材を味わうようなぎこちない舌の動かし方だ。

「かりそめでも、私は悠吾さんの奥さんです。妻を演じる間だけでも、夫の体を気遣う妻として、体調管理のお手伝いをさせてもらえませんか？」

どこかぎこちない彼の反応を奇妙に思いつつ紗奈が言う。

「それは、妻役を演じるのに必要なことか？」

「はい。いい奥さんを演じるのに、必要なことです」

彼の問いに紗奈はすかさず断言する。

一瞬、悠吾が喜んでいるようにも、悲しんでいるようにも見える表情を浮かべた。

「悠吾さん？」

自分は、なにか言ってはいけないことを言ったのだろうかと心配になる。

紗奈が小さな声で名を呼ぶと、悠吾は小さく首を振り表情を整えて微笑む。

「では、紗奈の負担にならない範囲で頼む」

そう言うと、自分のカップを手に立ち上がる。

「食事は十九時の予約だから、少しゆっくりするといい。紗奈の部屋はリビングを出てすぐ左だ。届いた荷物はそこに運んであるし、必要になりそうなものはひと通り揃えておいたが、足りないものがあれば教えてくれ」

それだけ言うと、シンクにカップを置きリビングを出ていこうとする。

「悠吾さん」

紗奈が呼び止める。

「どうかした？」

振り返る彼の表情は、感情が読み取れない。

「私、なにか悪いことを言いましたか？」

うまく言葉で表現できないけど、自分と彼の間に目には見えない境界線が引かれたような気がした。

「まさか。俺はいい契約をしたと思っているよ」

悠吾は軽く肩をすくめてそれだけ言うとリビングを出ていく。

スリッパが床を叩く音と、どこかの部屋のドアが開閉される音がする。

紗奈はその音を、心許ない気持ちで聞いていた。

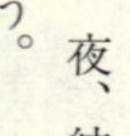

夜、結婚記念に紗奈を食事に連れ出した悠吾は、向かい合って座る彼女の様子を窺う。

箸の方が食べやすいかと思い、店は和風創作ダイニングを選んだのだが正解だったようだ。彼女は小鉢に盛り付けられている料理を、どれも美味しそうに食べていく。

「悠吾さん？　どうかしましたか？」

こちらの視線に気付いた紗奈が、小さく首をかしげる。

その声に悠吾は首を軽く振る。

「新妻に見惚れていただけだ」

紗奈はわかりやすく顔を赤くする。

「口が……うますぎます」

恥ずかしそうに呟く紗奈に、「本気だ」と返したところで、彼女はその言葉を演技だと思うだろう。

なにせ自分たちは、契約夫婦なのだから。

もちろんそれでかまわない。

普段とは異なる装いの紗奈を魅力的に思っているのは事実だが、悠吾にとって家族なんて、呪縛のようなものだった。だから演技と割り切っていなければ、家族である妻とこんな会話をすることはない。

（それでも……）

手に取ったグラスを揺らし、ワインを空気となじませながら悠吾は思い出す。

今日の昼間、自分の体を気遣い、料理を任せてほしいと話す紗奈に、彼女が本当に自分の家族だったらいいのにと思った自分がいる。

悠吾はこれまで家族に『自分に優しくするための食事が必要』なんて気遣いの言葉をかけられたことはない。

古賀の家には、悠吾を生んだことを詫びる母と、会社の利益のために悠吾が生きることを許した祖父と、悠吾の父になることで得をした男がいるだけだ。

紗奈のように悠吾の体調を気遣ってくれる者などいない。気遣うにしても、それは悠吾を、古賀建設をつつがなく運営する部品として扱ってのことにすぎない。

だからこそ、彼女が自分に向けたいたわりの言葉が、耳の奥でいつまでもこだまし続ける。

食事をとりながら紗奈の言葉を思い出し、ふっと笑う。

「悠吾さん、こういう味付けが好きなんですか?」

紗奈に問われて、悠吾は視線を上げた。

ふたりの前には、格子状に区切られたお重がそれぞれ置かれている。九マスあるスペースには異なる種類の料理が盛り付けられており、悠吾はハモの梅肉和えを口にしたところだった。

「嫌いではない」

悠吾の返答に、紗奈は微かに唇を尖らせた。その些細な変化を見逃さない悠吾は、視線でどうかしたかと問いかける。

「嫌いではないって答えだと、今後の料理の参考にならないじゃないですか」

「ああ……」

妻として、これから料理を担当すると宣言していた紗奈は、悠吾の好みの味を把握しようとしているのだ。

「好き嫌いもアレルギーも特にないから～なにを出されても問題ない」

「そんなに気を遣わないでください。正直に教えてもらった方が、悠吾さんの舌に合うご飯が作りやすいので、私も助かります」

悠吾が好きな料理を教えないのは、紗奈の料理の手間を気遣ってのことだと思ったようだが、そうではない。

悠吾は本当に、そこまで食に執着していないのだ。

それなのに、紗奈は急にハッと目を見開いてこんなことを言う。

「嫌いな食べ物は隠さなくても大丈夫です。意地悪なんてしませんし、体にいいものなら、どのみち上手に味付けして食べさせます」

どこかお姉さん口調で話す彼女の姿に、どうやって弟を育ててきたのか垣間見えた気がした。

「なるほど……」

口元を隠してクスクス笑う悠吾に、紗奈が「どうかしましたか？」と、不思議そうに首をかしげる。

「慶一君の背が高かったのは、紗奈の努力の結果なのだろうなと思って」

彼女の弟は、肩幅などはまだ成長途中といった感じだったが、背は悠吾より少し低い程度だった。

紗奈はうれしそうにはにかむ。

「小さい頃の慶一は、魚とピーマンが大嫌いでした。でも南蛮漬けみたいに調理して、トマトケチャップを使った甘酢あんに絡めると味が気にならなくなるんです」

これまで彼女は、そうやって家族のために試行錯誤しながら毎日料理をしてきたのだ。

そしてこれからは、悠吾のためにそれをしてくれると言う。

「そうだな……カフェラテは好きかな」

紗奈のためになにか答えなくては。そんな思いで、どうにか絞り出すことができたのがそれだった。

「カフェラテ？」

紗奈が不思議そうに瞬きする。

これまで悠吾は、彼女の前でカフェラテなんて飲んだことないのだから当然だ。

ついカフェラテと言ってしまったのは、模擬デートの際に立ち寄ったカフェでそれをすごくうれしそうに飲む紗奈の姿が強く記憶に焼き付いていたからだ。

それなのに紗奈は「カフェラテ……ってことは、洋食派ってことですね」と呟き、真剣な顔で考え込む。

悠吾の喜びそうなメニューを考えているのだろう。

「ありがとう。紗奈の手料理を楽しみにしているよ」

悠吾は、心からの思いを告げた。

深夜のミルク

悠吾と入籍して半月。

古賀建設のオフィスで、先輩社員に頼まれた作業に必要な資料をパソコンで探していた紗奈は、突然うなじに冷たいものが触れて肩を跳ねさせた。

「ヒャッ」

驚きのあまり、小さな悲鳴をあげてしまい、周囲の視線が紗奈に集まる。

その中には、目を丸くしてこちらを見ている悠吾も含まれているのですごく恥ずかしい。

首を巡らせると、背後にアイスティーのペットボトルを二本持ったみゆきが立っていた。先ほどの冷気の正体はこれだったらしい。

職場では相変わらず、お団子ヘアに太いフレームの眼鏡といった姿を貫いているので、露わになっているうなじに冷えたペットボトルはかなり心臓に悪い。

「さっきから同じ姿勢でフリーズしてるから。一回気分転換した方が、作業効率上がるんじゃない？」

そう言って、手にしていたペットボトルの一本を紗奈に差し出す。

「ありがとう」

それを受け取る紗奈を、みゆきが休憩に誘う。

先輩に頼まれた作業が途中なのでどうしようかと悩んでいると、離れたデスクに座る悠吾に「松浦君」と名前を呼ばれた。

「小島君の言う通り、一度休息を取った方がいい。無理して頑張っても、作業効率を下げるだけだ」

悠吾が言う。

紗奈が返事をする暇もなく、彼は手元の資料に視線を戻す。職場で見かける彼は、相変わらず〝冷淡御王子様〟という言葉がピッタリだ。

「部長のお墨付きも出たし、休憩しよ」

明るい声で、みゆきが誘う。

確かに、作業効率を上げるためにも休憩を取った方がいい。

「そうだね。ありがとう」

立ち上がる紗奈は、周囲にペコリと頭を下げて、みゆきとふたりその場を離れた。

廊下を歩きながら、彼との暮らしを振り返る。

悠吾との結婚生活は、時々密かな胸の高鳴りに悩まされる件を除けば、驚くほど快適だ。

もちろん倹約癖が身に染みついている紗奈にとって、彼と暮らすマンションの豪華な設備などにはまだ戸惑っている。

結婚翌日、さっそく料理を振る舞った紗奈は、初めて使用する食洗機の機能が信用できず、一度自分で食器を洗ってから食洗機に入れているのを悠吾に見つかり笑われたのはご愛敬のようなものだ。

その他諸々戸惑うことは多いのだけど、彼との生活自体は快適と言って間違いない。

ただ悠吾と一緒にいると、楽しいと同時に、どうしてもソワソワしてしまい感情をうまくコントロールできず困ることがある。

とはいえそれは紗奈ひとりの問題で、悠吾にはなんの責任もない話だ。

その他に気になることといえば、同じ会社に勤めているのに、悠吾は紗奈に比べてかなり早い時刻に出勤する上に、帰宅も遅いことだ。

本人が苦労を口にするようなことはないけど、古賀建設に呼び戻されるなり経理部部長を任され、デジタル推進部の統括取締役も兼務している彼は、日々激務に追われている。ふたりが一緒に暮らしていることを周囲に知られないためにはそれでいいのかもしれないけど、紗奈としては彼の体が心配になる。

家でも、悠吾より古賀建設に長くいる紗奈に、資材単価についてあれこれ質問してくる熱心さだ。本人にオーバーワークの自覚がないようなので、紗奈としては、せめて彼が体調を崩さないようサポートしていくつもりだ。

「古賀部長、相変わらずクールだよね」

隣を歩くみゆきが言う。

悠吾のことを考えていたタイミングでそんなことを言われて、紗奈は一瞬ドキッとした。

でもみゆきに、自分たちの関係を探る様子はない。

「知ってる？　入社式では、社長の希望で司会進行を任されたんだけど、噂では凛々しい部長の姿に女子社員がワーキャーでアイドルのコンサート状態だったんだって」

「そう……なんだ」

みゆきの言葉に、紗奈は曖昧に頷く。

さすがにアイドルのコンサート状態ということはないだろうけど、それでもなんとなくその光景が目に浮かぶ。

見目麗しい御曹司である彼に、見惚れる女性社員は多くいただろう。

「まあ、狙ったところで、残念ながら部長には恋人ができたみたいだけど」

「えっ！」

驚く紗奈に、みゆきは唇に人さし指を添えて言う。

「ビックリでしょ。前に結婚秒読みって噂になっていた建設会社の令嬢とは別の人なんだけど、先週の土曜に受付の子が、部長が髪の長い絶世の美女とデートしているのを見かけたんだって。銀座(ぎんざ)の辺りで」

紗奈が顔を合わせたことがないだけで、社長のお気に入りである明日香は、実家である建築会社の子会社にあたるリフォーム会社の社長を任されているとのことで、仕事を口実に時々古賀建設を訪れていた。そのため受付の子は、悠吾が連れていた女性が明日香ではないとすぐにわかったのだという。

みゆきはそのまま、受付の社員から聞いた、悠吾が連れていた女性の特徴を話していく。

「小柄な女性で、銀座の街を部長と手を繋いで歩いていたんだって」

「あ……」

それは確実に自分のことだ。

悠吾とふたり彼の友人が主催する演奏会に出席し、その後、近くのレストランで食事をして、バーに立ち寄った。

その一連の行動のどこかを、受付の社員に見られていたらしい。

「全身びっしりハイブランドで、部長と並んでも見劣りしない気品が漂っていたっていうから、きっとどこかの社長令嬢とかだよね」

「どうだろうね」

紗奈は視線を逸らして乾いた笑いを零す。

悠吾のデートの相手が、自分だとはとても言えない。

しかも実は、彼の恋人ではなくすでに妻となっているのでなおさらだ。

(悠吾さんの望み通り、家族に入籍がバレる前に私たちの関係が、周囲に知られてきているみたい)

それを目的に、悠吾は紗奈を自分のパートナーとして連れ歩き、関係を聞かれれば、『妻』と答えている。

だからこの状況は喜ぶべきことなのだ。

そうは思うのだけど、自分のことに『絶世の美女』とか『どこかの社長令嬢に違いない』といった尾ひれがついていていくのは、なんともむず痒い。

そんな噂が流れる原因のひとつには、悠吾が紗奈の素性を聞かれても、のらりくらりとかわしていることがある。

悠吾が真相を語らないことで、かなり噂がひとり歩きしているようだ。

そして想像力たくましくあれこれ噂話をする人たちも、彼の妻が、同じ会社で働くお団子ヘアの地味眼鏡の社員という発想には至らないらしい。

（私なんか悠吾さんに相応しいわけないんだから、当然だよね）

そんな当たり前のことについ拗ねたくなってしまうのは、紗奈が彼との暮らしを心から楽しんでいるからだ。

彼の妻になってまだ半月あまり。週末は悠吾が紗奈をデートに連れ出してくれるので、まだそれほど手料理を振る舞ったわけではないが、平日の朝は必ず紗奈が作っている。

時間に追われる朝は、凝ったものを作る余裕がないのだけど、それでも彼は必ず『美味しい』と言ってくれる。

彼とのデートも、彼と過ごす何気ない日常も、どちらもすごく楽しい。

もちろん寝室は別で関係は清いままなので、仲のいい同居人といった感じだ。

それでも彼と一緒の時間を過ごすにつれ、紗奈の心の中には、決して言葉にすることが許されない思いが蓄積されていく。

(私は、期間限定の奥さんにすぎないんだから)

悠吾が紗奈に契約結婚を提案したのは、明日香に自分との結婚を諦めさせるためであり、その相手に紗奈を選んだのは条件が合ったからにすぎない。

彼への秘めた思いが溢れ出さないように自分に言い聞かせて、紗奈は、みゆきと一緒に休憩スペースの椅子に腰を下ろした。

そしてふたりで他愛ない話をしながら飲み物を飲んでいると、みゆきが紗奈の顔をマジマジと覗き込んでくる。

「どうかした?」

「松浦ちゃん、最近なんか綺麗になったよね」

みゆきが言う。

「な、なによ突然っ」

ちょうど紅茶に口をつけていた紗奈は、コホンと小さく咳き込んだ。

「突然じゃないよ。最近、ずっとそう思ってたんだ。もしかして、恋でもしてる?」

「えっ!」

その一言に、紗奈の心臓が大きく跳ねた。

ちゃんと思いを隠していたはずなのに、どうして見破られてしまったのだろう。

わかりやすく驚く紗奈を見て、みゆきも驚いた表情を浮かべる。でもすぐに、優しく目を細める。

「やっぱりそうなんだ。そうだと思ったんだよね。なるほ綺麗になるわけだ〜」

みゆきは、訳知り顔でウンウンと頷く。

どうやらみゆきの発言は、ただの当てずっぽうだったらしい。

「ちょっと、ひとりで勝手に納得しないでよ」

慌てて否定してももう遅い、みゆきはこちらを見てニヤニヤしている。

でもしょうがないではないか。

悠吾はとてもいい人で、ふたりの生活は充実している。好きにならずにいられるわけがない。

ただそれを認めると、悠吾に迷惑をかけてしまうから想いに蓋をして、気付かないようにしているだけなのだ。

紗奈はもともと嘘をつくのは苦手なので、図星をさされると感情をうまく取り繕えない。

悠吾が紗奈と一緒に暮らすのも、デートに連れ出してくれるのも、彼にとっては周囲をあざむくための演技にすぎないというのに。

紗奈のそんな葛藤を知るよしもないみゆきは、前のめりになって聞く。

「で、松浦ちゃんが好きになったのは、どんな人なの？」

「どんな人って……」

「弟君も大学生になって、松浦ちゃんもやっと心に余裕ができてきたんだね。付き合ってるの？」

入社以来ずっと仲よくしているみゆきが相手でも、悠吾との関係を明かすわけにはいかない。

「すごく優しい人。でも私の片思いだから」

「告白はしないの？」

みゆきの言葉に、紗奈は首を横に振る。

「私の想いは、彼の迷惑にしかならないから」

後々、彼と入籍していることがバレた時には、今のこの会話はふたりの関係をごまかすための嘘だったと謝るから、今だけは正直な想いを言葉にさせてほしい。

そんなことを思いながら、紗奈は言葉を続ける。

「彼は、ひとりでなにか大きな寂しさを抱えているみたい。本当は一緒に支えてあげられたらいいんだけど、彼はそんなことを望んでいないから、私には見守ることしかできなくて……。そういうのすごくせつないんだけど、それでもできるだけ彼の近くにいたいと思ってしまう」

家族について話す時、悠吾はいつもひどく淡々とした口調になる。

最初は、庶民の紗奈とは違い、彼のように良家の人にとってはそれが普通なのかと思っていた。

だけど彼と一緒に過ごす時間が増えるにつれ、悠吾と彼の家族の間には、どうしようもない大きな溝があるのだと理解できた。

でも彼はそのことを誰かに話す気はないらしい。

だから雇われの妻でしかない紗奈は、彼が抱えている悩みに触れられずにいる。

「そんなせつない顔するくらいなら、勇気を出して松浦ちゃんの方から相手の心に踏み込んでみたら？」

「そんな……私なんかが出しゃばっても、相手の迷惑になるだけだから」

紗奈は顔の前で手をヒラヒラさせる。

「なんでそんなに消極的なのよ」

みゆきは不満げに唇を尖らせるけど、相手は自社の御曹司なのだ。紗奈ごときが釣り合うはずがない。

しかも悠吾は、恋愛をしたくないからこそ、紗奈をお金で雇っているのだ。

「その人、本当に素敵な人だから、私なんかじゃ釣り合わないの」

詳しく話すわけにはいかないので、その一言で片付ける。

でもみゆきは、納得のいかない顔で「そんなこと言ってぇ」と、手を伸ばして紗奈の眼鏡を外す。

「えっ！　ちょっと……」

紗奈が慌てている隙に、みゆきは素早く背後に紗奈の眼鏡を隠す。

「松浦ちゃんメイクしてないだけで、美人なんだから、眼鏡をやめてコンタクトにしなよ。それで可愛く変身して、その好きな人にアプローチしてみなよ」

みゆきが明るい声でそう言った直後、通路の方から咳払いが聞こえた。

存在を主張するための咳払いに視線を向けると、スーツ姿の中高年の男性の一団が見えた。

その中に、悠吾の父親である昌史の姿を見つけて紗奈は息を呑む。

向かいではみゆきが、「ゲッ」と声を漏らした。

通りかかった一団の中に、立場の弱い者のアラを探しては権力を振りかざしてネチネチ嫌みを言うことで知られている重役が含まれていたからだ。

「君たち、就業時間中だろ。しかも専務の前で……」

案の定、その重役が一歩前に歩み出て声を荒らげる。だけどそれを、悠吾の父である昌史が止める。

「彼女たちは、少し休憩しているだけだよ。そんな叱るようなことじゃないだろ」

昌史は柔らかな口調で男性を宥める。

専務の取り巻きとして知られる彼は、昌史の言葉を受けて口の中でなにかボソボソ呟きながらも引き下がる。

「この後も、仕事を頑張ってくれたまえ」

そう声をかけて、立ち去ろうとした昌史は、ハッとした表情で振り返った。そして食い入るように紗奈を見つめる。

「専務、どうかされましたか？」

「なんでもない」

背後に控えていた社員に声をかけられ、昌史はそのまま歩き出す。彼に随従していた社員たちは足早にその背中を追いかけていった。

「なんだったんだろう？」

昌史たちが去っていった方に視線を向けたまま、みゆきは紗奈に眼鏡を返してきた。

「さあ……」

(古賀専務は、私の顔なんて覚えてないよね)

顔を合わせたのは一瞬のことだったし、あの時の紗奈はかなり華やかなメイクを施していた。

気付かれていないはず。

紗奈が眼鏡をかけ直して自分自身に言い聞かせていると、みゆきが立ち上がった。

「そろそろ戻ろうか」

叱られてテンションが下がったのだろう。

「そうだね」

十分気分転換はできた。

紗奈も立ち上がり、ふたりでオフィスに戻っていく。歩きながらみゆきは、紗奈の腕に自分の腕を絡めて言う。

「松浦ちゃんは、美人で優しくて最高にいい子だよ。私が保証してあげる。せっかく人を好きになったんだから頑張ってみてよ」

それは、紗奈が誰を好きなのか知らないからこその応援だ。

「まずは、少しでも距離を詰める努力をしてみなよ。行動を起こさないと、なにも始まらないよ」

「ありがとう」

背中を押してくれるみゆきに、紗奈は心からのお礼を言う。

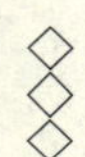

その日の夜、お風呂上がりにリビングでくつろぐ紗奈は、言いそびれていたお礼の言葉を口にする。

「昼間は、ありがとうございました」

「お昼？」

言われた悠吾はピンときていないらしく、ワイングラスに口をつけたまま軽く首を傾ける。

「昼間、悠吾さんが休憩を取るよう勧めてくれたおかげで、気分転換ができてその後の仕事がはかどりました」

そこまで説明して、やっと理解してくれたようだ。

「それはよかった」

そう言って、ワインを一口飲み、テーブルに戻す。

食事の後、紗奈に料理を任せてばかりで申し訳ないと、悠吾が後片付けを引き受けて、紗奈に先にお風呂を使うよう勧めてくれた。

そして入れ替わりで悠吾がお風呂に向かうと、彼が入浴している間に簡単なおつまみを作り、ふたりでワインを飲みながら浴後のまったりとした時間を過ごしている。

あまりアルコールに強くない紗奈は、ワインを炭酸水で割ったものだ。

食事中、悠吾は紗奈に簡単な料理のコツを聞いてきた。

理由を聞くと、紗奈が料理をする姿を見ていて興味が湧いてきたのだという。

それで料理の話で盛り上がってしまい、お礼を言うのが今になってしまった。

「なかなか作業が進まなかったのに、一度休憩を取ったら急に進むから不思議ですよね」

「そういうものだよ。紗奈は、小島君と仲がいいな」

「そうですね。いつも、どうでもいいようなことをいっぱい話していて、それがいい気分転換になります。今日も……」

と、話しかけ、紗奈は言葉を呑む。

「今日も、なに?」

悠吾が聞いてくるが、『あなたへの恋心を応援されました』なんて、もちろん言えない。

「そ、そうだっ! 悠吾さんと私がデートしているのを、受付の子が見かけたそうです」

ポンッと手を叩いて、急いで話題を変える。

「へぇっ、なんて言ってた?」

無事に話題を変えられたのはうれしいけど、それはそれでどう説明したものかと悩む。

「えと……、見かけたという話しか聞いてないです」

自分のことなので、『絶世の美女』とか『どこかの社長令嬢に違いない』などといった背ひれがついているなんて、恥ずかしくて言えない。

しれっとついた紗奈の嘘に、悠吾はニヤリと人の悪い笑みを浮かべる。

「では、俺が絶世の美女にぞっこんだと噂が広まるよう、もっといっぱいデートしないとな」

「う~っ」

彼の言葉に、紗奈は唇を奇妙な形に引き結ぶ。

それを見て悠吾が楽しそうにしているので、彼は、噂にどんな尾ひれがついている
のかも、紗奈がそれを隠したこともお見通しのようだ。

（悠吾さん時々ちょっと意地悪）

思わず紗奈が頬を膨らませて睨むと、いよいよ笑いをこらえられなくなったのか、
悠吾は声をあげて笑う。

そして膨らんでいる紗奈の頬に手を添えて言う。

「紗奈が可愛い嘘をつくから、ついからかいたくなってしまった」

その何気ない接触に、紗奈の心臓は大きく跳ねる。

「だって、美人とかそんなの……嘘だし」

噂話も、彼の言葉も、この距離感も、全て恥ずかしい。頭が真っ白になって、何を
どう伝えればいいのかわからない。

それなのに、悠吾はさらに顔を寄せて艶のある声で言う。

「少なくとも、紗奈が美人だっていうのは嘘じゃないだろ」

「そ、そんなことないです。その証拠に、私、男の人に告白されたこともないし」

「一度も？」

驚く悠吾に、紗奈はコクコクと頷く。

「悠吾さんとこういうことにならなければ、それこそ一生独身だったと思います」

その瞬間、彼の眼差しに普段とは異なる熱を感じたのは、気のせいだろうか。

「だとしたら、世間の男はよほど女性を見る目がないな」

「そ、そういうお世辞はいいです」

悠吾としては軽いリップサービスのつもりかもしれないけど、こちらは必死に恋心を抑えているのだ。勘違いしそうな発言は控えてほしい。

プイと横を向く紗奈の肩を悠吾が引く。

「お世辞じゃない。本気でそう思っている」

肩を引かれ向き直る紗奈の顔を覗き込み、悠吾が真剣な顔で言う。

「あ……」

その距離の近さに驚き、紗奈の口から細い声が漏れた。

だけど悠吾はそんなことには気にする様子もなく、まっすぐに紗奈を見つめて言う。

「君は、もっと自分の魅力を自覚した方がいい」

「悠吾……さん」

「俺の言葉を信じろ」

自分へと向けられる彼の眼差しにドギマギしながら名前を呼ぶと、悠吾が囁く。

「は、はい」

間近で見る彼の端整な面差しに魅了されて、息苦しさを覚えつつ紗奈は声を絞り出す。

紗奈が頷くと、悠吾はそれでいいと微かに頷く。

不意に柔らかくなる彼の表情にドキドキしつつ、紗奈はソファーの座面に手をついて彼と距離を取る。

「そ、そういえば今日、専務をお見かけしました」

せわしない胸の鼓動を悟られないよう、紗奈が言う。

深い意味もなく投げかけた言葉に、悠吾の顔が急に引き締まる。

「専務に？　あの人に、なにか言われた？」

紗奈の肩に載せていた手に力を込めて、悠吾が聞く。その顔には、ただならぬ緊張の色が浮かんでいる。

（あの人……）

今に始まったことではないのだけど、自分の家族の話題になると、悠吾の表情に影がさす。

紗奈としては、あったこととして、緊張をごまかすついでに一応報告しただけなのだけど、失敗だったかもしれない。

紗奈は内心眉根を寄せながら、首を横に振る。

驚きのあまりすぐには声に出せずにいると、悠吾の表情に険しさが増す。

「あの人に、なにかされたのか？」

再度問われて、紗奈は慌てて首を横に振った。

「なにも。服装もメイクも全然違うから、私のことは、ただの社員だと思っていたみたいです」

「そう」

紗奈の言葉に悠吾は、消えそうな声で呟き時計へと視線を向ける。

その動きにつられて紗奈も視線を向けると、ローチェストの上の置き時計は二十三時にさしかかろうとしている。

「遅くなったし、もう寝ようか」

お互い明日も仕事がある。だからなにも問題はないのだけど、ひどく胸がざらつく。

「そうですね」

それでもなにを言えばいいのかわからず、紗奈も頷いて立ち上がった。

その夜、紗奈はベッドの中で何度も寝返りを打っていた。

昌史の名前を出した瞬間、悠吾が見せた表情が気になってうまく寝つけない。

そうやって眠れない時間を過ごしていると、廊下で物音がするのが聞こえた。

「？」

音が気になり、上半身を起こして耳を澄ませていると、忍び足で廊下を歩く気配がする。

（悠吾さん？）

彼も眠れないのだろうか？

紗奈はベッドを抜け出した。

「眠れませんか？」

彼の気配を追いかけてリビングに入った紗奈は、続き間のダイニングで水を飲む悠吾に聞く。

最低限の照明しか点けずに水を飲んでいた悠吾は、声をかけられて初めて紗奈に気付いたようだ。目を丸くしてこちらを見る。

「悪い。君を起こさないよう気を付けたつもりだったんだが……」

申し訳なさそうに眉尻を下げる悠吾に、紗奈はそうじゃないと首を横に振る。

「私も寝つけなくて、起きていたんです」

ダイニングに歩み寄った紗奈は、冷蔵庫の中を確認して悠吾を見た。

「よかったら、ホットミルク飲みませんか？」

「ホットミルク？」

キョトンとする悠吾に、紗奈が言う。

「ミルクには、睡眠を促すメラトニンていうホルモンを作る手伝いをする作用があるんです。今なら、きな粉とメイプルシロップと砂糖と蜂蜜の中から好きなトッピングが選べますよ」

紗奈の提案に、悠吾はおかしそうに笑う。

「ホットミルクにそんなに味があるのか？」

「はい。オーソドックスにブランデーを落とすとかもありですけど、今日はアルコールはもう十分でしょうから」

「そうだな。紗奈のおすすめは？」

「きな粉です」

「じゃあ、それを頼む」

悠吾の言葉に頷き、紗奈は冷蔵庫から牛乳を取り出し、ミルクパンにふたり分の牛乳を入れて火にかける。そこにきな粉とグラニュー糖を加えて、丁寧に木べらで混ぜていく。

電子レンジで簡単に作ることもできるけど、今はゆっくりと時間をかけて彼のためのホットミルクを作りたかった。

悠吾は、キッチンカウンターに腰を預けてその作業を見守っている。

そして温めたミルクをカップに注いで差し出すと、大事そうに両手でそれを持った。

「温かい」

悠吾がその場でホットミルクを飲むので、紗奈もそれを真似て隣で立ったままカップに口をつけた。

「四月になりましたけど、夜はまだ冷えますよね」

きな粉独特の甘さに、ホッと息を吐いて紗奈が言う。

「ホットミルクもだけど、紗奈がいてくれると心が温かくなる。君や慶一君が、俺の本当の家族だったらよかったのにって思う時があるよ」

それは一種の告白と思ってもいいのだろうか？

昼間みゆきに、『行動を起こさないと』と背中を押されたことを思い出す。

「あの悠吾さん……」

私はあなたが好きです。あなたの本当の家族になりたいです……と、紗奈が言葉を続けるより先に、悠吾が言う。

「専務は、俺の実の父親じゃないんだ」

「え？」

深いため息と共に吐き出した彼の言葉に、紗奈の思考がフリーズする。

昌史が婿養子であることは誰もが知っている話だが、再婚だったなんて聞いたことがない。

彼がなにを言っているのかわからずに、キョトンとしていると悠吾が続ける。

「若い頃、俺の母は家庭のある男性に恋をして、俺を身ごもった。相手の男は、妊娠を知った途端母を捨てた。世間知らずの母はそれでも、子供が生まれれば男が帰ってきてくれると夢見ていて、激怒する祖父に、子供を産むと言って譲らなかったそうだ」

そんな話、聞いたことがない。

「でも、専務は悠吾さんのお父様ですよね？」

「書類上は」

薄暗い室内に、悠吾の呟きが吸い込まれていく。悠吾は一口ミルクを飲み、話を続ける。

「専務は、世間体を気にした祖父が、あてがった形式上の夫だ。あの人は、金や出世と引き換えに全て承知の上で母の夫になった」

「そんな……」

驚くような話ではあるが、それで腑に落ちることもある。

悠吾はいつも自分の父親のことを、役職で呼んでいたし、家族について語る口調は冷ややかだ。

昌史の方もパーティーで顔を合わせた際、悠吾に突き放すような言葉を投げかけていた。

「祖父が出産を許したのは、お腹の子供が男子と知り、古賀建設の跡継ぎにできると考えたからだ。だから俺には、祖父に生まれることを許された義理を果たす義務がある。そう思って、これまで古賀建設の跡取りとして励んできたつもりだ」

以前彼が、会社での自分は組織の歯車でしかないといったことを話していたが、それはそういうことだったんだ。

「会社では、求められる役目を十分に果たしてきた自負はある。だからプライベートな時間まで、犠牲にするのは勘弁してほしい」

悠吾の声に、紗奈は手の中のミルクが一気に熱を失っていくような気がした。

「悠吾さんのお母様は、今はどうされているんですか？」

「どれだけ待っても相手の男が戻ってこないことで、心が折れたんだろうな。もともと体の弱かったせいもあって、俺が成人した頃からは、一日の大半を自室にこもって過ごしている。母には悪いが、大恋愛のお粗末な末路を見ていると、恋なんて愚かだとしか言いようがないよ」

「だから、私に契約結婚を依頼したんですね？」

紗奈の言葉に、悠吾は頷く。

「そんな事情で君を巻き込んだことを申し訳なく思ってはいるが、俺の目には家庭とは窮屈な牢屋のようなものにしか見えず、祖父の希望通りに結婚する気にはなれなかった。だけ……」

悠吾は、ハッとした表情で言葉を切る。

そして手にしていたカップをカウンターに置き、紗奈の顔を覗き込む。

「紗奈？」

優しい声で名前を呼び、紗奈の頬を撫でた。

彼の手が触れて、紗奈は自分が泣いていることに気が付いた。

「ごめんなさい。なんでもないです」

紗奈もカウンターにカップを戻し、自分の頬を乱暴に拭う。

彼の話を聞いて、自分がどれほど子供じみた考えをしていたのか気付かされた。

ずっと、家族に対する彼の言動に違和感はあった。でも悠吾のような立場ではそれが普通なのかもしれないとも考え、胸の内を正しく理解しようとしていなかった。

そして呑気な自分は、かりそめの夫婦ごっこに浮かれて、彼とこのまま本当の夫婦になれたらいいのになんて夢を抱いていた。

悠吾にとって、家庭は窮屈な牢獄でしかないのに。

(自分が恥ずかしい……)

「重い話をして悪かった。君を泣かせたかったわけじゃないんだ」

乱暴に顔を擦る紗奈の手首を掴み、悠吾が詫びる。

涙で喉がつかえる紗奈は、首を大きく左右に振ることで、そうじゃないのだと訴えるのだけど、彼にはそれが通じない。

紗奈をそっと抱きしめて、謝罪の言葉を繰り返す。

「家族思いの紗奈にとっては、理解できない話だよな。家族を思う君の優しさにつけ込んで、俺はずいぶんひどいことをしている」

彼のパジャマを涙で濡らしながら、紗奈は嫌々をする子供のように首を振る。

悠吾の生い立ちも、彼が優しくしてくれる理由も全てが悲しすぎる。

彼が抱える問題の深さに気付くことなく、彼の家族になりたいと願っていた自分が、その思いを口にすることなんて許されない。

混乱する感情をどうにか立て直して、紗奈は自分からも彼の背中に腕を回す。

「驚いたのは、事実です。でも悠吾さんにひどいことをされたなんて思っていませんよ。悠吾さんのおかげで、慶一の学費の心配をしなくてよくなったし、こんな素敵な部屋に住まわせてもらうこともできています」

できるだけ明るい声で言い、彼の腰に回す腕に力を込めて「いい契約をさせてもらいました」と話す。

紗奈のその言葉に、悠吾の腕から力が抜ける。

それに合わせて紗奈も腕の力を抜くと、密着していたふたりの体が離れ、わずかに距離ができる。

「……そうか。そう言ってもらえてよかった」

こちらを見下ろす悠吾が、小さく頷く。

紗奈なんかに、彼が長年抱えてきた苦しみを取り除くことはできない。だからせめて、紗奈を巻き込んだことに罪悪感を持たないでほしい。

「契約期間中、悠吾さんのいい奥さんを演じきってみせます。私の演技力を信じてください」

紗奈のその宣言に、悠吾は安堵したような、泣きたいような顔をする。

「そうだな。紗奈の演技は完璧だから、信頼しているよ」

そう言ってひとり頷くと、抱きしめていた腕を解く。

紗奈は彼から離れて、カウンターのカップを再び手に取った。

「ミルク、自分の部屋で飲みます。カップは後でまとめて洗うので、飲んだら水につけておいてください」

それだけ言うと彼の返事も待たずに、紗奈はその場を離れた。

◇◇◇

紗奈が自室に戻り、ひとりキッチンに取り残された悠吾は、カップに口をつけて先ほどのやり取りを思い返す。

これまで一度も、自分の出生の秘密を誰かに話そうなんて考えたこともなかった。

古賀建設の歯車になることだけを望まれて育った悠吾には、不用意に他人に弱みを見せない習慣が染みついている。だから親友と呼べるほど親しくしてきた学生時代からの友人にさえ、そのことは秘めてきた。

それなのに紗奈を相手にすると、自分の警戒心は呆れるほどあっさりと崩解する。

「社長が知ったら、激怒しそうな話だな」

悠吾は自嘲的に笑う。

出世を餌に昌史を娘婿に迎えた祖父の恭太郎だが、社長の座までを譲るつもりはないようで、悠吾を次期社長に据えようと躍起になっている。

昌史がそれをどう思っているのかは知らないが、常に自分を避ける姿を見るに、快く思っていないのは確かだろう。

悠吾が自分の出生の事実を聞かされたのは、彼が小学生になる年だった。

それ以前から、悠吾は幼いながらに自分の家族がよその家庭と違うことには気付いていた。

母はいつも萎縮しているし、父はいつも自分や母と距離を取るようにしていた。そしてそんなぎこちない夫婦の上には、絶対的指導者のような祖父の存在が常にあった。

だから祖父に『お前が生まれることを許したのは、古賀建設のためだ』と言われた時も、それほど大きな衝撃は受けなかった。逆に腑に落ちたくらいだ。

ただ幼い自分に当然のように感謝するように求め、古賀建設への忠誠を誓わせようとする祖父を、好きにはなれないと思った。

家族というものが、そんな互いの利己をぶつけ合う存在でしかないのなら、自分は結婚などせず孤独に生きていこうとその時誓ったのだ。

「一生、孤独でいいと思っていたのに……」

悠吾はため息をつき、紗奈が入れてくれたホットミルクを飲む。

優しい温かさが、喉を撫で体の奥へと浸透していく。

ホットミルクの味付けをすらすらと提案する彼女は、きっと弟が眠れない夜に何度もミルクを温めてきたのだろう。

眠れない夜にホットミルクを作ってくれる家族がいる。それは、経済的になに不自由ない生活を送らせてもらうよりずっと価値がある人生に思う。

長年、家庭など窮屈な牢獄でしかないと思っていた悠吾だが、紗奈が自分の本当の家族になってくれたらと淡い幻が胸をよぎった。

紗奈が本当の意味で自分の妻になって、慶一に姉の夫として慕われる。それは悠吾にとって、夢のように幸せな光景だ。

でも彼女が涙を流す姿に、その言葉を呑み込んだ。

悠吾と家族になるということは、紗奈に、自分の面倒な生い立ちや家のしがらみを一緒に背負わせることに繋がる。

早くに父を亡くし、親代わりとなって弟の世話を焼いてきた紗奈はこれまで散々苦労してきた。今さら辛い思いをさせるとわかっていて、自分の人生の道連れにすることなんてできない。

「そもそも彼女は、俺に本気で好意を抱いてくれているわけでもないのに」

不意に紗奈との関係は、契約に基づく偽装夫婦であることを思い出し、悠吾は苦く笑う。

彼女があまりに上手に新妻役を演じきるものだから、時々忘れてしまいそうになるから困る。

一緒にワインを飲んで、軽い冗談を交わす。そんな些細な一時を繰り返す日常が、この先いつまでも続いていけばいいと願う自分がいる。

弟への資金援助と引き換えに妻役を演じているにすぎない紗奈としては、迷惑な話だろう。

彼女との結婚は、あくまでもかりそめの関係で、時期がくれば自分たちは離婚するのだ。

だからこれ以上幻想に溺れてはいけないと、温かいミルクを飲みながら、自分に言い聞かせた。

演技に隠した本音

悠吾の出生の秘密を打ち明けられてから十日。

その日は木曜で、半休を取り午前で仕事を切り上げた紗奈は、以前悠吾と初めてデートした日に利用した松林の店を再び訪れていた。

目的は夕方、悠吾と合流し、彼のパートナーとしてパーティーに参加するためである。

「今日は、悠吾様はご一緒ではないのですね」

紗奈を店の奥へと案内する松林が、間を持たせるための世間話といった様子で言う。

「悠吾さんとは、この後、美術館で待ち合わせをしています」

その説明に松林は柔らかく目尻に皺を刻む。

「あら、美術館でデートなんて素敵ですね。仲がよろしいようで、私どもが口出しするようなことではありませんが、悠吾様にそのようなお相手がいらっしゃることをうれしく思います」

松林は、紗奈と悠吾が結婚していることも、彼の家庭の秘密も知らない。

それでも悠吾の孤独を肌で感じていた松林は、彼にパートナーと呼べる存在ができたことを心から喜んでくれているようだ。

「あの、デートというか、関係者だけを招いた美術館主催のパーティーで。明日から始まる展覧会を、一足先に見せてもらえるそうです」

そんなふうに喜ばれると、人のよさそうな松林を騙しているようで心苦しい。

紗奈は思わず言い訳じみた口調で情報を補足する。それを聞いて、彼女はさらにうれしそうにする。

「悠吾様より、古賀家の方々には紗奈様のことは黙っておくように申しつかっておりますからお伝えしておりませんが、悠吾様にこんな可愛らしいお相手ができたと知ったら、奥様もお喜びになるでしょうね」

その言葉に、紗奈の心が小さく軋んだ。

現社長のひとり娘である悠吾の母親は、もともと体が丈夫ではなかったこともあり、悠吾が成人した頃から社交的な場に顔を出すこともなくなり、一日のほとんどを自室で過ごしているのだという。悠吾は、心から愛した男性に裏切られたことが少なからず影響しているのではないかと話していた。

同じ女性として、愛する人に裏切られ、世間体のためだけに結婚させられた苦しみを想像すると胸が痛い。

自分になにかしてあげられることがあればいいのだけど、なにをどうすることもできないのがもどかしい。

（せめて、悠吾さんの妻役を上手に演じよう）

最初は、彼を愛しているフリをする演技だったはずなのに、いつの間にか、彼を愛していないフリをするための演技に変わってきていることを苦々しく思いながら、紗奈はそう胸に誓う。

今回松林が紗奈のために選んでくれたのは、レース使いが美しいすみれ色のドレスだった。

数種類のレースを重ねているスカートの裾はふわりと広がっているのだけど、上半身は体のラインに沿ったタイトなもので、タートルネックの襟元は、首筋の後ろで小さなボタンで留めるデザインになっている。

デザイン性の高い小さなボタンは首筋から腰の辺りまで続いており、ドレスの構造上ひとりでは着替えられず、松林がボタンを留めるのを手伝ってくれた。

「よくお似合いです。悠吾様が見たら、きっと惚れ直すことでしょうね」

背中のボタンを留め終えた松林が、紗奈の着こなしを確認してしみじみと言う。

その言葉に曖昧に笑うことしかできないのがせつない。

支度を整えた紗奈は、店が手配してくれたハイヤーで、パーティーが開催される美術館へと向かった。

知識のない紗奈は、最初美術館でパーティーを開くと聞かされてかなり驚いたのだけど、悠吾の話によるとそれほど珍しいことではないのだという。

海外などでは特に、私設美術館などではスポンサー集めを兼ねて、一般展示が始まる前に、関係者だけを招いてささやかなパーティーを開催するそうだ。


「ありがとうございます」

美術館の前で運転手にお礼を言って降車した紗奈は、動き出すハイヤーを見送った。

腕時計で時間を確認すると、十九時前。

悠吾とは、彼の仕事の都合もあるので、明確な待ち合わせ時間を決めていない。美術館が会場なので、先に到着した方が絵を鑑賞しながら相手を待って、それまでの間に見つけた一番お気に入りの作品を紹介する約束をしている。

（悠吾さんに、到着したことだけ知らせておいた方がいいかな？）

紗奈は、美術館に入る前に悠吾にメッセージを送っておこうと、通行の邪魔にならない場所に移動してカクテルバッグからスマホを取り出す。

「あなたっ」

スマホを操作していると、かたわらから鋭い声が聞こえてきた。驚いて顔を上げると、紗奈にも覚えのある女性の姿があった。

東野明日香だ。

先日のパーティーでは青いドレスを着ていた彼女は、今日はくすんだシルバーのドレスをまとい、髪を左肩に流している。

「あっ」

敵意を隠さず自分を睨みつける明日香の表情に怯み、紗奈は細い声を漏らした。

すると明日香は、ニヤリと口角を上げる。

「今日はおひとりのようね。ちょうどよかったわ」

「あの……失礼します」

本能的に危険を察知して、紗奈は逃げ出そうとした。

だけど明日香が、それより早く紗奈の手首を掴む。

その弾みで紗奈が手にしていたバッグが地面に落ちてしまったが、明日香はそれを気にすることなく続ける。

「逃げなくても大丈夫よ。あなたにとってもいい話をしたいだけなの」

彼女の持ってくる話が、いいものであるはずがない。それでもつい動きを止めると、明日香は、紗奈の顔をマジマジと見つめて言う。

「あなたは、何者なの？」

「え？」

「先日はあなたの顔に見覚えがある気がして、一応は引き下がってあげたの。その後、悠吾さんが飯尾家のお嬢さんと親しくしているなんて噂も耳にしていたから様子をみていたけど全部私の勘違いだったみたい。だって彼女、恋人と駆け落ちしているそうじゃない」

以前みゆきから、悠吾がどこかの社長令嬢とデートしているといった噂が流れていることは聞かされていた。

その時は『絶世の美女』などという根拠のない尾ひれがついていることをただただ恥ずかしく思っただけだったけど、香里の顔を知る人からすれば、彼女が悠吾とデートしているように見えたのだろう。

思いがけない追及に紗奈が視線をさまよわせると、明日香が意地悪く笑う。

「あなた、それを知っていて彼女になりすましていたのね」

「違います。香里と私は……」

「飯尾家のお嬢さんの名前を知っているということは、やっぱりそれを承知で彼女になりすましていたのね。そうやって悠吾さんに近寄って、なにをする気だったの？お金目当てなら、私がお小遣いをあげるから、その席を譲ってもらえないかしら？」

勝手に決めつけて話を進めようとする姿に、腹の底から怒りが湧く。

人間関係を金で解決できると思い込んでいる彼女なんかに、悠吾を渡す気はない。

そう言い返したいのに、言葉が喉につかえて出てこないのは、悠吾にとって自分が金で雇った偽りの妻でしかないからだ。

「いくらほしいの？」

明日香が嘲りの表情を浮かべる。

言い返したいのに言い返せない。その悔しさに泣きそうになっていると、「そこでなにをしている？」と、悠吾のものではない男性の声がした。

見ると、悠吾の父である昌史の姿があった。

「古賀のおじ様」

明日香が、邪魔をされたと言いたげに昌史を睨む。

でも紗奈と昌史を見比べて、すぐに表情を切り替える。

「ちょうどいいところにいらしたわ。私、悠吾さんにたかろうとする悪い虫を退治しようとしていたんです」

「違……」

違うと否定したところで、その後どう話を続ければいいかわからない。

それでもどうにかこの場を収めなくてはと、紗奈が言葉を探していると、先に昌史が口を開いた。

「悪い虫？　彼女はウチの社員で、私が用があって呼んだんだが？」

「え？」

明日香が驚きの声を漏らす。

確かに紗奈は古賀建設の社員だが、彼にこの場に呼ばれた記憶はない。

疑問の声をあげたかったけど、明日香の手前それを我慢した。

「この女が、古賀建設の社員？」

明日香がいぶかるような眼差しで、紗奈の頭から爪先まで視線を巡らせる。

「疑うのなら、悠吾にも確認するといい。そんなことより明日香さん、君の会社の施工費のことで、少し……」

昌史が仕事のことに話題を逸らそうとすると、明日香の表情が険しくなる。

「悠吾さんの父親だからって、私に指図するのはやめていただけます？」

年長者を相手にしているとは思えない明日香の高飛車な態度に、紗奈は言葉を失う。

昌史が婿養子であることは周知の事実だけど、あまりな言い方だ。

「だけど、君の請求書金額では……」

「私は古賀のおじい様のアドバイスを受けて、うまくやっているわ。おじ様は、私の言う通りに処理すればいいのよ」

昌史の話に耳を貸す気はないと、明日香は話を遮る。

それはとても、結婚したいと願っている相手の父親に対する振る舞いとは思えない。

明日香が、悠吾の出生の秘密を知っているということはないだろう。それなのに彼女は、あからさまに昌史を軽んじている。

「いや。一度ちゃんと話しておいたほうがいい」

なおも話を続けようとする昌史に、明日香が苛立ちを露わにする。

「そういうことでしたら、結構です。気分が優れないので、ここで失礼します」

紗奈と昌史を順に睨んで、明日香はその場を立ち去る。

昌史は、明日香が十分に離れたのを確認して、紗奈へと向き直った。

「あの……」

「彼女の私に対する態度なら気にしなくていい。社長の指示で彼女の会社の経営に少し携わっていてね。婿養子の私ごときに口出しされて面白くなかったようだ」

「だとしても、あの態度はあんまりです」

「彼女は単純だから、すぐに目先の感情に囚われる。たぶん、しばらくは君のことより、私に腹を立てるのに忙しいだろうよ」

昌史は腰を屈め、さっきの弾みで落ちた紗奈のカクテルバッグを拾い上げる。

つまり彼は、明日香の怒りを紗奈から逸らすために口を挟んだのだ。

「ありがとう……ございます」

どうして彼が自分を助けてくれたのかわからないまま、紗奈はお礼を言う。

「君は以前のパーティーで悠吾と一緒にいた子だね。会社で見かけた時は驚いたよ」

さっき紗奈を自社の社員だと言ったのは、咄嗟のでまかせなのかと思っていたけど違うらしい。

「よく気付かれましたね」

差し出されたバッグを受け取り、紗奈は素直な驚きを口にする。

「あの子が女性を連れている姿なんて初めて見たから、強く印象に残っていてね」

昌史の口調は、とても柔らかなものだ。

社内では次期社長の座を巡って互いに反目しているといった話をよく耳にしていたけど、それはただの噂にすぎないのかもしれない。

「君たちの結婚の件は、私のところで情報を止めているから、社長はまだ気付いていないよ」

「え？」

考え事をしていた紗奈は、昌史の言葉に目を丸くした。

それを見て昌史は困ったような顔をする。

「社内結婚をすれば、どうしたって管理者の耳には入るよ」

「確かにそうですよね。悠吾さんもそのうち公になることは承知していると話していました」

だから今のうちに彼にパートナーがいることをアピールしようと、こうやってデートを重ねているのだ。

「君を会社で見かけるまでは、彼は飯尾家のお嬢さんと付き合っているのだと勘違いしていた」

それはさっき、明日香にも言われたことだ。

普段の紗奈の装いが大きく違うせいもあり、当人同士はそこまで意識したことはなかったが、自分と香里はよほど似ているらしい。

だからなんとなく似ているだけでも、紗奈が香里に見えてしまうのだろう。

（というか、香里くらいの家柄じゃないと悠吾さんに相応しくないっていうのもあるんだろうな）

その事実に気持ちが落ち込みそうになるけど、今はそんな場合じゃない。

「本来ご報告してから籍を入れるべきなのでしょうけど……」

相手が自分たちの結婚に気付いているのなら、悠吾の妻として昌史に挨拶をしておくべきだろう。

気持ちを切り替えて紗奈が挨拶をしようとすると、昌史が「必要ないよ」と、首を横に振る。

「結婚しているくらいだ。私たちの関係を知っているのだろう？　悠吾が私に報告する価値がないと判断したのなら必要はないよ」

冷めた口調でそう言って、昌史は美術館へと視線を向けて紗奈に聞く。

「ところで君がいるということは、彼もこの場に来るのかな？」

「はい。もしかしたら、もう中にいるかもしれません」

「そうか。では私は帰るとしよう」

「悠吾とは一緒にいたくないのでね」

感情の見えない口調で告げて、昌史は本当に帰っていく。

「え？」

ただ去り際、「それでも困ったことがあれば連絡をくれ」と、紗奈に自身のプライベートの連絡先を教えてくれた。

その背中をなんとも言えない思いで見送り、紗奈は美術館に足を向けた。

美術館に到着した悠吾は、紗奈の姿を捜した。

会場はすでに招待客で賑わっており、絵を観覧して楽しむ人々の間を泳ぐようにして進んでいくと、二階ロビーでその姿を見つけた。

「紗奈」

無意識に彼女の名前を呼ぶ声が弾む。

こんなふうに誰かとの待ち合わせを喜ぶ感情が自分の中にあるなんて、これまで考えたこともなかった。

それほど、自分にとって紗奈は特別な存在なのだろう。

その思いを噛みしめながら紗奈に歩み寄って、彼女の表情がさえないことに気付いた。

「紗奈？」

「悠吾さん」

悠吾が気遣わしげに名前を呼ぶと、紗奈がぎこちなく笑う。

「なにがあった？」

その表情にそう聞かずにはいられない。

「明日香さんに会いました」

瞬時に悠吾に緊張が走る。それを見て、紗奈が大丈夫だと軽く首を振る。

「古賀専務がフォローしてくれました」

「専務が？」

思いがけない人の名前に驚く。紗奈はそんな悠吾の袖を引いて、周囲に目配せする。

「どこか静かな場所で話しませんか？」

その言葉に周囲を見渡せば、距離はあるが談笑している人の輪が数組ある。

それで悠吾は、紗奈を連れて中庭のベンチに移動した。

四月のこの時季、寒くはないが昨日雨が降ったせいか夜気には肌にまとわりつく湿り気があり、他に人の姿はない。

悠吾は小さなテラスのベンチに紗奈と並んで座り、話を聞くことにした。

「すまない。彼女がこのパーティーに出席するとは思っていなかった」

紗奈の話を聞く前に、まずはそのことを謝る。

パーティーといっても今日のこれは、私設美術館が協賛金を集めるために開いており、ノンアルコールの飲み物と軽食が提供されるだけのささやかなものだ。

華やかな場所で己を誇示することばかりに気を取られている明日香が、喜んで顔を出したがる催しではない。そう考えていたから、紗奈と現地での待ち合わせにしたのに。

午後から外せない会議があったとはいえ、紗奈をひとりで行動させたことが悔やまれる。

松林の店まで迎えに行けばよかったと反省する悠吾に、紗奈が「専務が助けてくださったので大丈夫でした」と繰り返す。

悠吾としては、それが意外だった。

戸籍上の父である昌史は美術に精通しており、美術館や博物館への寄付もよくしているようなので、このパーティーに出席していても不思議はない。

ただ紗奈の話によると、昌史は、紗奈を悠吾の妻と知っていて助けた上に、社長である恭太郎にはふたりの結婚を報告しないでいてくれているそうだ。

「結果、明日香さんには私が古賀建設の社員と知られてしまったかもしれませんけど。あの場では仕方なかったと思います」

話を聞く分に、それは仕方ないだろう。

「専務はなにを企んでいるんだろう」

ポツリと呟く悠吾に、紗菜が言う。

「ただ普通に助けてくれたんじゃないですか？」

「まさか」

ありえないと、悠吾は苦く笑う。

なにせ昌史は、出世のためだけに戸籍上の自分の父親になった人なのだ。

大学進学を機に悠吾が家を出たこともあり、長く交流が途絶えている。古賀建設で顔を合わせても業務連絡以外で言葉を交わすことはない。

会社で見かける昌史は、常に一癖も二癖もありそうな取り巻きを連れていて、虎視眈々と社長の座を狙っていると噂されている。

そのため、人のいい紗奈とは違い悠吾は、昌史になんらかの策略があるのではないかと勘ぐらずにはいられない。

「悠吾さん」

昌史の思惑について思考を巡らせていると、紗奈が手に手を重ねてきた。

目が合うと、ニッコリ笑って言う。

「ひとりで抱え込まないでくださいね」

「え？」

「契約上の関係にすぎないのかもしれませんけど、今の悠吾さんには妻の私がいます。それを忘れないでくださいね」

その言葉に、悠吾の肩がふっと軽くなったような気がした。

自分の配慮不足のせいで紗奈に不快な思いをさせてしまったことを詫びようとしていたのに、気が付けば自分が彼女に励まされている。

「すまない。なかなかに格好悪い姿を見せてしまった」

今さらのように前髪を掻き上げ表情を整える悠吾に、紗奈が飾らない笑顔で言う。

「オフィスで見かける悠吾さんは完璧で格好よすぎるので、たまには弱気な顔を見せてもらえる方が、私としてはホッとします」

思いがけない言葉に面食らう。

「格好いいって……紗奈の目に俺がそんなふうに映っているなんて、考えてもいなかったよ」

悠吾が照れると、紗奈が驚きの表情を見せる。

「悠吾さんは格好いいですよ。私なんかが妻役で、申し訳なく思ってますよ」

心底申し訳ないといった顔をする紗奈に、悠吾はそんなことないと首を横に振る。

「俺が家族になりたいと思えるのは、紗奈だけだよ」

心を込めた悠吾の言葉に、紗奈が薄く笑う。

「私の演技力を評価してくださってありがとうございます」

それだけ言うと、紗奈は立ち上がり、悠吾に手を差し出す。

「じゃあ、仲良しな夫婦として絵を見に行きましょう」

自分へと差し伸べられる手が、演技にすぎないということを寂しく思いながら悠吾は立ち上がり紗奈の手を取る。

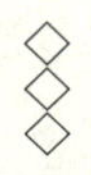

「先にお風呂どうぞ」

マンションに戻ってきた紗奈の背中を、悠吾がポンと叩く。

その気遣いにお礼を言ってバスルームに向かった紗奈は、洗面所で鏡に映る自分の姿を確認した。

今の自分は、すみれ色の綺麗なドレスを身にまとい、プロのメイクとヘアセットをしてもらったことで、普段とは全くの別人だ。

以前から言われていることではあるが、こういう華やかなメイクをほどこした自分は、確かに香里によく似ている。

「誰も悠吾さんのパートナーがしがない会社員だなんて思わないよね」

呟いて、自分の頬を撫でる。

自分が彼の妻の座に収まっているのは、あくまでも明日香を諦めさせるためだ。

そのためほとぼりが冷めれば離婚する予定なので、悠吾は紗奈の素性を聞かれると、『籍は入れたが、挙式をするまでは公にしたくない』と、言葉を濁していた。

悠吾としては、離婚後、紗奈に迷惑をかけないための配慮なのだろうけど、意図せず香里の名前をかたっているような形になってしまっていることが申し訳ない。

「今度香里に会えたら謝ろう」

そう心に誓うのだけど、その場合、自分はこの状況を香里にどう説明するつもりなのだろうか。

バイトとして彼の妻役を演じている。その言葉で片付けるには、紗奈の心は悠吾に捕らえられている。

とはいえ、それは悠吾にとっては迷惑な話でしかないので、彼に自分の想いを告げるつもりはない。

親友の香里にくらい、自分の正直な思いを打ち明けてもいいだろうか。

「あっ」

あれこれ考えながらドレスを脱ごうとした紗奈は、今さらのタイミングでとんでもないことに気が付いて息を呑んだ。

「どうしよう……」

そう呟いても、自分でどうにかできる問題ではないのだけど。

それから約二十分後、洗面所のドアをノックする音と共に、廊下から悠吾が声をかけてきた。

「紗奈、どうかした？」

その声に、洗面所でひとりドレスと格闘していた紗奈は諦めのため息を漏らした。

シャワーを使う水音もしないまま、紗奈が洗面所にこもっているので、体調の心配をしてくれたようだ。

(ずっとこのままというわけにも、いかないよね……)

情けなく眉尻を下げる紗奈は、覚悟を決めて洗面所のドアを細く開けた。

「悠吾さん、実は……」

ドアから顔を覗かせた紗奈がドレスを着たままひどく疲れた顔をしているのに気付き、悠吾がうろたえる。

「どうした？　気持ち悪いのか？」

悠吾はそのままドアを全開にして、紗奈の額に手を添えた。

触れる手で紗奈に熱がないのはわかっただろうけど、それでも気遣わしげな表情で紗奈の頬や首筋に触れる。

「顔が赤いけど、熱はないようだな。吐き気とかするなら……」

これは、悠吾にそこまで心配をかけるようなことではないのだ。

「そういうんじゃないんです」

なんだかいたたまれない気分になって、紗奈は悠吾の胸に頭を押し付けて顔を隠して打ち明ける。

「実は……その、ドレスのボタンを外せなくて困っていたんです」

「え？」

紗奈の告白に、悠吾から普段の彼らしくない間の抜けた声が漏れた。

それでも露わになっている紗奈の首筋を見て、事情が呑み込めたのだろう。「あぁ」と、困ったように息を吐いた。

今日の紗奈は、ハイネックのドレスを着ている。

お店では松林に着せてもらったのですっかり忘れていたのだけど、このドレスは腰からうなじまでデザイン性の高い小さなボタンが連なっている。

お洒落だけどひとりで着ることのできないドレスは、ひとりでは脱ぐこともできないと、さっきお風呂に入ろうとして初めて気が付いたのだ。

首元のふたつと腰の辺りの一部のボタンは、どうにか自分で外すことはできたが、その中途半端な状態で悠吾に助けを求めに行くのも恥ずかしい。というか、彼に背中のボタンを外してもらうのが恥ずかしい。

そんなわけで、ずっとひとりで自分の背中と格闘していたのだ。

「なんだ。水を使ってる気配もしないのに紗奈がいつまでも出てこないから、中で倒れているのかと思って焦ったよ」

紗奈の話を聞いて、悠吾がクスクス笑う。

首にかかる彼の吐息がくすぐったい。

「すみません」

紗奈が顔を真っ赤にして身を硬くしていると、悠吾の手が背中に触れた。

「ボタン、俺が外していいのか？」

抱きしめられるような姿勢でそう確認されるのは恥ずかしけど、他にお願いできる人もいない。

「お願いします」

紗奈が答えると、悠吾の手が動く。一瞬、その存在を確かめるように紗奈を抱きしめる。薄いレース越しに、彼の体温を感じて恥ずかしい。

「無事でよかったよ」

「ご心配おかけしました」

悠吾の手が動き出すのを感じて、お礼を言う。

紗奈の言葉に、悠吾が優しく笑う。

「違う。俺が心配したいだけなんだ」

そう答えて、悠吾はひとつひとつ丁寧な動きでボタンを外していく。

触れ合う時間を惜しむようなゆっくりした彼の手の動きを、紗奈は彼の胸に手を添えて、背中で感じていた。

「紗奈が妻として、俺を気遣ってくれるのと同じように、俺にも紗奈を気遣う権利がある。そういうの悪くないよな」

声に合わせて触れる彼の息遣いが愛おしい。

それでいて、油断すると彼の胸に抱きついてしまいたくなるのでもどかしい。

「そういえば明日香さん、私のことを香里と勘違いしていたそうです」

体を密着させ、彼の体温を感じているのが気恥ずかしくて、紗奈が悠吾に話しかけた。

「香里さん……あの。紗奈にそっくりな友人の名前だよな？　駆け落ちを手伝った」

一瞬記憶を探ってから悠吾が確認する。

日常の何気ない会話の中で学生時代の話題となり、彼に昔の写真を見せたことがある。その際に香里の顔も見ているので、それを思い出して納得しているようだ。

「ちょうど香里が駆け落ちして姿を見せなくなった時期と重なるから、他にも勘違いしていた人はいると思います」

「友人の名誉を汚すつもりはなかったんだが……」

紗奈と香里を気遣う悠吾の言葉に、紗奈は問題ないと小さく首を動かす。

「たぶん香里はそういうこと気にしないから、大丈夫です」

紗奈ももちろん再会した際には香里に謝るつもりでいる。ただ……。

「周りが私と香里を勘違いするのは、悠吾さんに相応しいのは、香里のような家柄の人だからなんですよね。今まで私たちの結婚を祝福してくれた人たちも、勘違いしているのなら、騙しているようで申し訳ないです」

自分が彼の妻を名乗るなんてなんておこがましいのだ。

「それでも俺は、紗奈以外が俺の妻役を演じるなんて考えられないよ」

一瞬うれしくなるような言葉だけど、それは紗奈の演技力を信頼しているという意味にすぎない。

不意に紗奈の背中に開放感が広がる。ボタンを外し終わったようだ。

開放的になった背中の感覚でそれはわかるのだけど、悠吾の手が紗奈から離れない。

「悠吾さん？」

不思議に思いつつ彼の胸を押して顔を上げた。

悠吾の手はまだ紗奈の背中に回されたままなので、そうするとかなり間近で悠吾を見上げる姿勢となる。

無言のまま互いの視線が重なり、紗奈の心臓が大きく跳ねた。

口付けできそうな距離で見つめる彼は、やはりとても端整な顔立ちをしている。

そしていつもと違う距離感のせいか、自分を見つめる悠吾の眼差しに普段とは異なるなにかを感じた。

彼が自分を愛しているのではないかと錯覚してしまいそうな眼差しに、紗奈の恋心が刺激される。

(やっぱり私は、どうしようもないくらいこの人のことを愛している)

でも悠吾にとってその想いは、迷惑なものでしかない。

「紗奈、俺は……」

悠吾がなにか言いかけた時、紗奈は彼の胸を強く押して距離を取った。

「あっ、ありがとうございます。お風呂使いますね」

紗奈のその言葉を合図に、悠吾から先ほどまでの甘やかな表情が消える。

「そうだな。引き留めて悪かった」

そう言って悠吾は、洗面所のドアを閉めた。

伝えたい思い

翌日の昼休み、紗奈はみゆきと連れだってオフィスを出た。

今日は天気がいいので、会社近くの公園でランチをとろうとみゆきが提案したからだ。

「どのお店でお弁当買う？」

古賀建設のビルを出て歩道を歩くみゆきが聞く。

昼時になるとオフィス街には様々なキッチンカーが来るので、そのどれかでお昼を買うつもりでいる。

「そうねぇ……」

紗奈がキッチンカーが並ぶ方へと視線を向けた時、パンパンッと、せっかちな感じのするクラクションが鳴り響いた。

音に反応して視線を向けると、路上駐車している赤いスポーツカーが目に入った。

同時に、運転席がある左側の窓が下がり、運転手が顔を出す。

「あっ」

顔の半分が隠れそうな大きなサングラスをかけた女性の姿に、紗奈が小さく声を漏らした。

「松浦ちゃん、あの人知り合い？」

運転手の女性がこちらに手招きしているのを見て、みゆきが気遣わしげに声をかけてくる。

紗奈は唇を引き結ぶ。

それなりの距離があるし、大きなサングラスが邪魔をしてハッキリと顔を確かめることはできないけど、それでもその女性が誰なのかはすぐにわかった。

（東野明日香さん）

昨日のやり取りを思い出すと、足がすくむけど、ここで無視するわけにもいかない。

紗奈が動けずにいると、じれたように再びクラクションが鳴らされる。

「こっち見てるよね？」

事情を知らないみゆきが怪訝な顔をする。

「小島ちゃん、ちょっと話してくるから、私の分のお弁当もお願いしていい？」

なにを買うかはみゆきに任せると言ってお金を預け、紗奈はひとりで明日香の車に歩み寄った。

「この道は駐停車禁止ですけど」

紗奈の忠告に明日香は「だから？」と不機嫌に返してサングラスを外す。

「あなた、本当にここの社員だったのね」

いつものお団子ヘアに眼鏡姿の紗奈の全身に視線を走らせて意地悪く笑い、「色々調べさせてもらったわ」と意味深長に囁く。

「色々……」

敵意を隠さない彼女の態度に、紗奈も警戒心を露わにする。

「弟さんの進学した大学の学長、私の祖父と知り合いなの。同郷のよしみでかなり寄付もしているし、ウチの祖父には頭が上がらないんじゃないかしら」

「えっ！」

紗奈の顔からサッと血の気が引くのを見て、明日香は勝者の笑みを浮かべた。

「それにあなたのお母様、ずいぶんと職を転々とされてだらしない人間みたいね。他人になりすまして悠吾さんに取り入る図々しさは、お母様譲りなのかしら？」

「違っ」

「そんな家族がいるなんて、弟さんもかわいそうね。彼がこの先、大学で不遇な対応を受けて、もし医者になれないとしても、それは私が告げ口したからじゃなくて、ろくでもない家族がいるせいよね」

紗奈に反論の隙を与えず一方的にまくしたて、明日香はうれしそうに笑う。

暗に紗奈のせいで慶一が医師になれない可能性があることを示され、なにも言い返せなくなる。

そんな紗奈を睨みつけ、明日香は声のトーンを落として言う。

「そんな女が、悠吾さんの隣にいるなんて絶対に許さない。彼のような男性は、私にこそ相応しいことを忘れないで」

「そ、それを決めるのはあなたじゃありません」

慶一の身を案じつつも、その点に関しては反論せずにはいられない。

悠吾の苦しみを理解せず、彼を自身の所有物のように話す明日香に言い返す。

不意に紗奈が毅然とした態度を見せたことに戸惑ったのだろう。明日香は一瞬だけ黙る。

でもすぐに、紗奈を睨みつけて言う。

「弟の将来を台無しにしたくないなら、今すぐ会社を辞めて悠吾さんの前から姿を消して」

「そんなっ！　あなたになんの権利があって……」

「権利？　人間の質が違うんだから、私にはあなたに命令する権利があるのよ」

完全に紗奈を見下し、明日香は高飛車な態度で続ける。

「次に私に会うまでに覚悟を決めておきなさい。でなければ、東野家の権力を使って本気で潰してやるんだから」

そんな捨て台詞を残して、明日香は車を発進させた。

「松浦ちゃん、大丈夫？」

明日香の車が信号を曲がるのを眺めていると、お弁当を買ったみゆきに声をかけられた。

「あの人になにか言われたの？」

紗奈と同じ方に視線を向けてみゆきが言う。

「ううん。道を聞かれただけ」

みゆきの態度から、明日香が誰なのかわかっていない様子なので嘘をついてその場をごまかした。

紗奈に最初に悠吾と明日香との縁談話を教えてくれたのはみゆきだったけど、相手の容姿までは知らなかったようだ。

「そうなんだ。お弁当、ジャークチキンっていうのが美味しそうだから、それにした」

あっさり気持ちを切り替えたみゆきは、紗奈に袋を差し出す。

確かにその袋からは、芳ばしい肉のにおいがしている。

「ありがとう。公園行こうか」

これ以上ここで明日香のことを考えていても意味がない。

紗奈は気持ちを切り替えて、みゆきと一緒に公園へと向かうことにした。


「松浦ちゃん、どうかした？」

先ほど買ったジャークチキンを使ったお弁当をパクつきながら、みゆきが聞く。

そう声をかけられて、蓋を開けることなくお弁当を膝に載せたまま、自分がぼんやりしていたことに気付いた。

「ごめん、ちょっと考え事」

ベンチの真ん中に荷物を置き、みゆきと向き合って座る紗奈は、慌ててお弁当の蓋を開けて箸を握る。

悩んでいても仕方ないと、気持ちを切り替えたつもりだったのだけど、ついあれこれ考えしまい手が止まっていたようだ。

「なに？　恋のお悩み？」

明るいみゆきの声が続く。

道を聞かれただけという紗奈の嘘を信じ込んでいるみゆきは、明日香のことなどすっかり忘れているようだ。

みゆきからすれば、軽い気持ちの質問だったのだろう。

でもあれこれ悩んでいた紗奈は、箸を中途半端な高さで持ったまま動きを止める。

それを見て、みゆきが目を輝かせて身を乗り出してきた。

「なに？　前に話していた好きな人と、なにかあったの？　もしかして告白したとか？」

みゆきの勢いに驚き背中を反らせる紗奈は、困り顔で昨夜のことを思い出す。

目を輝かせているみゆきには悪いが、改めて自分では駄目なのだと実感しただけなのだ。

「そんな楽しい話じゃないよ。私なんかじゃ彼に相応しくないし、それに相手の迷惑になるだけだから、告白するつもりもない」

明日香の発言を認めるのは悔しいが、自分なんかが彼に釣り合うはずがない。

「実は、相手が既婚者だったとか？」

ポンポンとたたみかけてくるみゆきに、紗奈は苦笑する。

「確かに、既婚者だね」

なにせ彼は、書類上は自分の夫なのだ。

「既婚者っ！　となると、思いが通じると不倫になっちゃうのか……」

それはさすがに応援しにくいかも……と、みゆきが唸る。

「だから、告白する気はないって」

紗奈の背中を押したいけど押せないといった感じで、悩み込むみゆきに苦笑する。

「松浦ちゃんが、納得できているならそれでいいけど、その人のことすごく好きなんでしょ？」

そんなふうに言われると、返答に困る。

正直に言えば、昨日の自分に向けられた悠吾の眼差しを思い出すと、紗奈の中に割り切れない感情が残っているのだ。

「たぶん私は、彼のことを一生好きだと思う。もし彼が私に好意を持ってくれたら、その時は……」

その時、紗奈のスマホが鳴った。

メッセージの類いではなく、電話の着信音だ。

（誰だろう？）

画面を確認した紗奈は目を丸くする。

「大介さんっ！」

思いがけない人からの着信に思わず声が出た。突然大声を出す紗奈に、みゆきが怪訝な眼差しを向けてくる。

大介から電話がかかってくるなんて、香里になにかあったのかもしれない。

気持ちがひどく焦るけど、内容によってはみゆきの前で話さない方がいいのかも。

そんなことを考えて、紗奈は「ごめん。ちょっと駆け落ち……」と言いかけて口をつぐんでみゆきから離れる。

動揺のあまり『駆け落ちした友達の恋人から電話』と説明しそうになったけど、そこまで詳細に話す必要はない。

急いで距離を取り、通話ボタンをタップする。

「もしもし、大介さん？　紗奈です」

不安な思いで話し始めると、電話の向こうから懐かしい女性の声が聞こえてきた。

『紗奈？』

「香里？」

『うん。新しい電話の番号、まだ伝えてなかったから、紗奈が出てくれないかもと思って大介さんの電話借りてるの』

その説明に、気を張っていた体から一気に力が抜ける。

そういえば香里は前回、無事にアメリカに着いたと連絡をくれた時も、大介のスマホのアカウントを借りていた。

元気そうな親友の声に涙ぐむ紗奈に、香里は今日本に戻ってきているので会えないかと言う。

紗奈に直接会って話したいことがたくさんあると言われれば、それを断る理由はない。

おりしも今日は、悠吾は朝からデジタル推進部の研修のため終日不在で、帰りも遅くなりそうだと言っていた。ちょうどいいので、今日の仕事帰りに会う約束をして電話を切った。

そしてそのまま悠吾にメッセージアプリで、今日の夕食は準備しなくていいかの確認と、帰りが遅くなることの断りを入れておく。

ちょうど向こうも昼休憩の最中だったのか、すぐにかまわないとの返事が来た。

それにお礼を伝え、メッセージのやり取りを終わらせる。

「ごめんね」

ベンチに戻った紗奈は、明るい声でみゆきに謝る。

悠吾との関係についてはなにも解消されていないのだけど、香里に会えると思うと心が弾む。

直接会って話を聞くまで安心はできないけど、とりあえず香里の声は明るかった。

それに大介のスマホで電話をかけてきたということは、彼と一緒にいて関係も良好ということなのだろう。

そう思うと、我がことのようにうれしくなり、食欲も湧いてくる。

香里の声を聞けたことで、思わず溢れてしまった目元の涙を拭って箸を手にした。

「ちょっとうれしい人から電話があって」

そう答えて、紗奈は食事を始める。

「そう。よかった……ね」

急に元気よく食べ始める紗奈に、みゆきは少し戸惑いつつ、一緒にお弁当を食べた。

夕方、古賀建設の自分の部署に顔を出した悠吾は、オフスに残るスタッフの顔ぶれ

に内心小首をかしげた。

「部長、今日は直帰されるんじゃなかったんですか？」

そう声をかけてくるのは、紗奈とよく一緒にいる小島みゆきという社員だ。

他にもう数人、作業をしているスタッフがいるが紗奈の姿はない。

「松浦君は？」

昼に紗奈から、遅くなってもいいかとメッセージをもらい、てっきり残業をしているのかと思い顔を出したのだが。

帰り支度をするみゆきに質問する。その間も、視線で紗奈を捜してしまう。

「なにか急用ですか？」

落ち着きのない悠吾の態度に、みゆきが聞く。

特になにということはない。ただ早く、紗奈の顔を見たかっただけ。

夜になれば、ふたりで暮らすマンションで彼女に会えることはわかっているが、昨夜のことが気にかかり、それを待てなかっただけだ。

昨日のことというのが、彼女が明日香に絡まれたことをいっているのか、昌史のことをいっているのか。……それとも、彼女がドレスを脱ぐ手伝いをしたとき、もう少しで紗奈に告白をしてしまいそうだったことなのかはわからない。

おそらくその全てが複雑に絡み合って、紗奈が自分の前から消えてしまうのではないかという不安を生む。

悠吾はこれまで人に執着したことはなかったが、紗奈に関しては違う。

よくわからない焦燥感に駆られて、つい会社に戻ってきてしまったのだ。

「いや、君たちはいつも一緒にいる印象だったから」

正直に話すわけにもいかず、そう説明すると、みゆきは納得してくれた。

「松浦ちゃんは、今日は定時で帰りました。大事な用があるみたいです」

そう答えるみゆきの表情に、微かな陰りを感じて悠吾は問う。

「なにか、気になることでもあるのか？」

「いえ、たいしたことじゃ……」

みゆきが言い淀む。話すべきか悩んでいる様子だ。

「気になることがあるなら、どんなことでも話してくれ。上司として、部下のことを知っておきたい」

紗奈のことなら、どんなことでも知りたい。そんな思いを隠して、ビジネスライクな口調で『上司として』と強調する。

それから三十分後、みゆきから話を聞いた悠吾は、品川駅にあるレストランへと急いでいた。

（駆け落ちって、どういうことだ？）

帰宅時間帯で混み合う人の流れをぬって歩きながら、悠吾は心の中で独りごつ。

『上司として』という立場を強調して、紗奈の友人であるみゆきから聞き出した話によればこうだった。

最近、紗奈には好きな人ができたらしい。しかし相手は既婚者で、彼女はそのことについて悩んでいるらしく、元気のない日が続いていた。

それが今日の昼休みに、想い人と思われる男から電話がかかってきた途端、彼女はいつもの明るさを取り戻したのだとか。

昼休み紗奈に電話をかけてきた〝大介〟という男が、どうして紗奈の想い人だとわかるのかといえば、友人として表情を見ていればわかると断言された。

紗奈のことを心配していたみゆきとしては、紗奈が元気になったのはうれしいのだけど、彼女が『駆け落ち』という言葉を口にしていたのが気にかかるそうだ。

悠吾としても、そんな話を聞かされて冷静でいられるはずがない。

そもそも紗奈が仕事以外の理由で帰りが遅くなるのは、これが初めてなのだ。

みゆきには自分からも折を見て紗奈と話してみると説明し、彼女が帰ると、紗奈にどこにいるのか、メッセージを送ってみた。

すると彼女からすぐに、品川駅近くのレストランにいると返事が来た。

あっさり居場所を教えてくれるのだから、男と駆け落ちするのではないかというみゆきの心配は杞憂にすぎないのだろう。そう思う反面、品川駅という場所柄、彼女がその男と一緒にどこかに行ってしまうのではないかという不安が胸を支配する。

紗奈に好きな人がいるなんて、考えてもいなかった。その衝撃も手伝って、冷静に状況を判断することができない。

不揃いなパズルのピースを集めて、無理やり絵を作り上げようとしている気分だ。

そして居ても立ってもいられない気持ちで、紗奈がいるという店に駆けつけた。

賑やかな店に飛び込んだ悠吾は、スタッフの案内を断り、足早に店内を歩く。

ステーキをメインに、ドリンクバーやサラダバーを楽しめる店内は明るくて、駆け落ちの相談をするような場所には思えない。

混乱を深めながら店内を歩くと、奥の方の席によく知っている横顔を見つけた。

「紗奈」

切羽詰まった思いでその肩を掴んで名前を呼ぶ。

声に驚いて振り向いた相手の顔を見て、悠吾は目を丸くする。

そこに座っていたのは、紗奈によく似た面差しの別の女性だったのだ。その隣には、髪を短く刈り上げた、精悍な顔立ちの男性が座っている。

軽く腰を浮かせて様子を窺う男性は、彼女になにか妙なことをしたらすぐにでも殴りかかってやると言いたげだ。

「誰ですか？」

こちらを顔を見上げて女性が言う。

悠吾としても同じ気持ちだ。

（紗奈によく似たこの人は誰だ？）

そう思う反面、記憶にひっかかるものがある。

混乱しつつ相手を見つめ、悠吾は彼女の顔をどこで見たのか思い出した。

以前、もう少し若い頃の彼女の写真を紗奈に見せてもらったのだ。だけど彼女は、恋人とふたり、海外に駆け落ちしたのではないのか？

「えっと……飯尾香里さん？」

混乱しつつも紗奈に教えてもらった友人の名前を口にすると、相手は眼差しに警戒の色を残しつつも頷く。

その時、「悠吾さん？」と紗奈の声が聞こえた。

見ると紗奈が、驚いた顔で通路に立っている。サラダバーに行っていたらしく、彼女が手にする皿には彩りよく野菜が盛り付けられている。

「紗奈、知り合い？」

香里が、紗奈に聞く。

紗奈の知り合いとわかったことで、彼女の隣に座っていた男性も警戒心を解いて座り直す。

「あの、私の職場の上司で……」

口ごもりながら、紗奈がテーブルに皿を置く。

よく見ると、並んで座るふたりの向かいに、もうひとり分の料理がある。友人カップルと食事をしていたのだろう。

「それで、紗奈ちゃんの上司がなんでここに？」

香里の恋人は、まだ微妙に納得のいかない顔をしている。

紗奈も、どうしたらいいのかわからず悠吾と友人カップルを見比べている。

悠吾としても脱力して、すぐには声が出ない。

（小島君が言っていた〝駆け落ち〟というのは、友人のことだったのか）

この雰囲気からすると、紗奈に電話をかけてきた男性というのは、友人の恋人なのだろう。

「あなたが、大介さん？」

問われて香里の隣に座る男性が、怪訝な表情で頷く。

ちぐはぐなピースが散らばるばかりで、ちっとも形を結ばずにいたパズルの絵が、急に明確な形を結び出す。

そのパズルの中に見えてくるのは、紗奈が友人カップルと食事を楽しんでいたという現状ではなく、自分がどうしようもなく彼女が好きだという事実だ。

紗奈のためには自分の想いは伝えるべきじゃないなんて格好つけておいて、いざ彼女が他の誰かのもとに行ってしまうかもと思ったら胸が締め付けられそうなほど苦しくなった。

（紗奈を他の誰にも渡したくない）

それが自分の本音を拾い集めた結果、出てくる答えなのだ。

「なんというか……」

家庭など牢獄だと嘯き、自由を求めていた自分は、ただ親の愛に飢えて拗ねてる子供にすぎなかったのだ。

愛する人がそばにいてくれないのなら、自由などなんの意味もない。

前髪をクシャリと押さえて苦笑いする悠吾を、紗奈がどう扱えばいいのか困っている。

愛する女性を困らせたいわけじゃないが、どうかこれだけは言わせてほしい。

悠吾は紗奈の肩に腕を回して言う。

「はじめまして。紗奈の夫の古賀悠吾です」

「「えぇぇっ！」」

その言葉に、香里と大介が揃って驚きの声をあげる。

紗奈も驚きに目を丸くして、こちらを見上げている。

だけどそんなことはかまわない。悠吾はそのまま言葉を続ける。

「俺が紗奈のことをどれくらい好きか、今すぐ伝えたくて駆けつけたんです」

香里と大介と店先で別れた紗奈は、混乱した思いで隣に立つ悠吾を見上げた。
「少し、散歩をしてもいい？」

視線に気付いた悠吾が言う。

「はい」

返事をすると、悠吾は紗奈の手を引いて歩き出す。

彼に導かれるままに歩きながら、紗奈はあれこれ考える。

今日の昼間、香里から連絡をもらって三人で会う約束をした。

香里からはビザの問題もあるので、向こうでの生活基盤が整ったら一度帰国するとは聞かされていたが、それでも急な連絡に驚いた。

とにかくふたりに会いたくて、仕事を定時で終わらせて駆けつけ、あれこれ話を聞いていたら、悠吾がその場に現れたのだ。

途中、メッセージアプリで悠吾から居場所を聞かれ、隠す必要もないので正直に答えたけど、まさか彼が来るとは思ってもいなかった。

彼が現れたことだけでも驚きなのに、大介にふたりの関係を聞かれた悠吾は、自分から紗奈の夫だと名乗ったのだ。

突然の結婚宣言に驚く香里は、悠吾に着席を勧め、そのまま四人で食事をすることになった。

ちょうどふたりの近況報告が終わったタイミングだったこともあり、香里はあれこれ質問をしていく。

悠吾はその質問に、紗奈との出会いは職場だけど、ふたりの関係が深まったのは紗奈が香里の身代わりを頼んだ件がきっかけだったと話した。

それを聞いて、香里は自分がふたりの恋のきっかけを作ったのだと大いに喜んだ。

悠吾が古賀建設の御曹司であることを知って、香里はかなり驚いていたけど、彼が紗奈のどこが好きかという話を聞いて心から祝福してくれた。

紗奈としては、彼がどうしてそんな演技をするのか理解できない。

それでも祝福してくれる香里と大介に、ふたりの結婚が契約上のものだとは言い出せなかった。

それに彼が自分を心から愛してくれているように振る舞うその状況に、嘘だとわかっていても身を任せていたいという思いもあった。

でもいざ香里たちと別れると、ふたりを騙しているような心苦しさがこみ上げてくる。

「香里と大介さん、香里の両親に結婚を許してもらえてよかったです」

とりあえず、改めてそのことを報告する。

「紗奈も協力したかいがあったな」

悠吾の言葉に、紗奈は満足げに頷く。

彼が駆けつけるまで、ふたりからその報告を受けていたのだ。

香里の両親は、最初は娘の駆け落ちに激怒していた。だけど一ヶ月もすれば、このまま二度と娘と会えない方が辛いと思うようになったのだという。

そして手を尽くして娘の行方を捜し当て、ふたりの結婚を許すから、親子としての縁を切らないでくれと訴えた。

「大介さんの家はウチと一緒で片親で、経済的にも恵まれた環境ではなかったんです。香里のお父さんは、そういった家柄の人間は自分の娘に相応しくないって、ずっと反対していたんです」

紗奈はしみじみと息を漏らす。

「あのお父さんが許してくれるなんて、奇跡みたいなことなんです」

「奇跡か」

呟いて悠吾が足を止める。紗奈も足を止めて、彼を見上げた。

川沿いの遊歩道を歩いていたので、川の水気を含んだ夜風が紗奈の髪を揺らす。

「俺にとっては、紗奈とこんなふうに親しくなれたことが奇跡だと思っている」

「それは、演技としての台詞ですよね？」

自惚れた勘違いをしてしまわないよう、自分を戒めつつ確認する。

悠吾は違うと首を横に振る。

「最初は演技のつもりだったけど、いつの間にか紗奈を心から愛してる自分がいる。そのことを伝えたくて駆けつけたんだ」

「え……だって悠吾さんは独身主義で、悠吾さんにとって、家庭は……」

紗奈だって、これまで、もしかしたら彼に愛されているのではないかと感じたことはある。でも彼の出生の秘密を聞かされ、不用意に好きになっていい人ではないと思い知ったのだ。

「それは、紗奈に恋する前の俺の意見だ。君に恋をして、俺の価値観は大きく塗り替えられたよ」

「でも、だって今までだって、演技だって言ってたじゃないですか」

だからこそ、紗奈は自分の感情に蓋をして、彼の雇われのパートナー役に徹しようと決めたのだ。

悠吾は苦笑する。

「それは、紗奈を不幸にしたくなかったから」

「不幸？」

紗奈には、彼がなにを言っているのかわからなかった。

悠吾のことを想う紗奈が、彼に好きだと言われて不幸になるはずがない。

「紗奈と本当の意味で夫婦になって、仲睦まじく暮らし、慶一君に義兄と慕われる……。俺にとっては夢のように幸せな話だけど、それで幸せになれるのは俺だけで、紗奈には負担になることも出てくるだろ」

負担というのはもちろん、家族との軋轢のことを言っているのだろう。

でも紗奈は、そんなこと気にしない。

「それに慶一君のこともあるから、俺が思いを告げることは、紗奈の迷惑にしかならないと……」

そう話を続けようとする悠吾の胸に飛び込み、彼の首に腕を回す。

「悠吾さんは、バカです。面倒な家族なら、私にもいることに気が付いていないんですか？」

そもそも紗奈がこの妙なバイトを引き受けることになったのだって、母の明奈が、家の金を使い込んだのが始まりなのだ。

「ふたりも子供がいるのにいつまでも頼りない母親を持つ私のことを、悠吾さんは軽蔑しますか？」

「まさか。苦労して育ったはずなのに、まっすぐで、優しさを忘れない紗奈のことを、俺は尊敬している」

悠吾が心底驚いた様子で言う。

彼らしい答えに、紗奈は少し背伸びをして耳元に顔を寄せて「私もです」と囁く。

「私は、複雑な環境にめげずに、今まで生き抜いてきた悠吾さんのことを尊敬しています。あなたの背負っている荷物を、私に一緒に背負わせてください」

その言葉に、悠吾は紗奈の背中に腕を回した。

視線を感じて顔を上げると、悠吾が顔を寄せてくる。

彼が求めているものを理解して、紗奈はつま先立ちで彼を受け入れた。

生まれて初めてのキスに、胸が熱くなる。

「紗奈、愛している」

顔を寄せたまま唇を少し離して悠吾が言う。

紗奈は目尻にうっすらと涙を浮かべる。

「私なんかに、悠吾さんを好きだと言う権利はないって思っていたんです。経済的にも助けてもらうばかりで、香里のような裕福な家に生まれないと、あなたに相応しくない気がして」

紗奈の告白に、悠吾は小さく笑う。

「バカだな。眠れない夜、俺がそばにいてほしいと思うのは紗奈だけだ」

本当にその通りだ。

悪意に満ちた明日香の言葉に傷ついて、自分では彼に相応しくないと悩んでいた。

でも今日、家柄の違いや周囲の反対を乗り越えて、幸せそうにしている香里と大介の姿を見て、それは間違いだと思い知らされた。

愛し合うふたりの前では、育ちの違いなど些細な問題でしかない。香里の両親が結婚を認めたのも、ふたりが仲睦まじく幸せそうにしていたからなのだろう。

「バカでした」

自分なんかが……と一方的に決め込み、確かめる勇気を持とうとしなかった自分を反省する。

「紗奈は、相変わらず素直だな」

悠吾がクスクス笑う。そして背中に回していた腕を解いて、紗奈の手を取る。

「そんな君だから、俺は心を許して本来の自分でいられるんだ。紗奈のいない人生に、なんの価値もない」

「悠吾さん」

「眠れない夜、どうか俺のそばにいてくれ」

数日前、家庭は牢獄だと話していた人の言葉とは思えない。

己の出生の秘密を知り、孤独に生きてきた彼の考えを変えるだけの力が自分にあったのだろうか？

だとしたら、これまでの苦労はなにひとつ無駄なものじゃなかったのだと思える。

「きっとこれまでの辛い経験は全て、悠吾さんの苦しみを支えるための準備だったんです」

それを運命と呼んでもいいだろうか？

「紗奈、愛している。今さらだけど、妻として一生俺のそばにいてくれ」

心を込めたプロポーズの言葉に、紗奈は涙ぐんで頷いた。

「はい。私をあなたの家族にしてください」

「ありがとう。絶対に君を離さない」

ふたり、再び強く抱き合って唇を重ねた。

幸せな週末

その夜、紗奈は悠吾の寝室で初めての夜を過ごした。

同じベッドに入ってパジャマを着たまま抱き合い、嘘偽りのない言葉で互いの想いを口にしていく。

だけどすぐ愛の言葉は口付けに代わり、悠吾は紗奈の上に覆い被さり、頬に手を添えて唇を重ねる。

「紗奈、愛してる」

甘く掠れた声で囁きながら、悠吾が紗奈の唇を奪う。

最初は唇を重ねるだけの優しい口付けが、徐々に濃密なものへと変化していく。

悠吾に呼吸を奪われ、その息苦しさに紗奈が薄く唇を開くと、それを待ちかまえていたかのように舌が割り込んできて、紗奈の口内を蹂躙していく。

自分以外の誰かが、自分の内側に触れる。

紗奈にとってそれは初めて体験する感覚で、キスをしただけなのに心臓が壊れそうなほど痛くなる。

しかも薄く目を開ければ、情熱的な眼差しを向ける悠吾と目が合うので、よけいに鼓動が加速する。

(キスに溺れて、思考が蕩けてしまう)

自分が自分でなくなっているような感覚に、本能的な不安を覚えて、紗奈は悠吾の肩を押す。

「悠吾さん……あの」

紗奈が戸惑いの声をあげると、悠吾は顔を離してこちらを見る。

少し距離ができたことで、彼の端整な顔が視界いっぱい飛び込んでくる。

今さらながらに彼の完成された容姿の美しさに言葉を失う。

「どうかした?」

そう尋ねる彼の声は、どこか悪戯っ子のにおいがする。紗奈がなにに戸惑っているのか察していて、あえて聞いているんじゃないかって思える。

「その……積極的すぎて、恥ずかし……です」

そのことを意地悪に思いながら、紗奈は呟いた。

消え入りそうな紗奈の訴えに、悠吾は「なるほど」と小さく笑う。

そして紗奈から体を離し、彼女の隣に体を横たえると、腕の動きで紗奈を誘導して、互いに横向きになって向かい合う。

「じゃあ、紗奈の方から俺を欲しがって」

「え？」

紗奈が驚いて目を丸くしていると、彼は手を伸ばして紗奈の乱れた髪を整えてくれた。

「俺はどうしようもないくらい、紗奈を愛している。だから君の全てが欲しくてしょうがない」

優しい手つきで紗奈の髪を梳かしながら言う。

そしてこちらの目をまっすぐ覗き込んで「紗奈はどう？」と問いかける。

「紗奈は俺のことをどのくらい必要としてくれている？」

「悠吾……さん」

真摯な眼差しを向けられ、紗奈は自分の気持ちと向き合う。

彼が紗奈を本当の意味では必要としていないと思ったからこそ、ずっと心に蓋をしてきた。

それは、悠吾を心から愛しているからこそだ。彼のために、彼の望む自分を演じようと心に決めていた。

そうすることが、紗奈の愛情表現だった。

悠吾が自分を必要としてくれている。紗奈の全てを欲しいと言ってくれている。

だけど今は違う。

(それなら、私のこの気持ちごと全てを受け取ってください)

そう覚悟を決めると羞恥心の波が引いて、紗奈の本音が見えてくる。

「私も、悠吾さんの全てが欲しいです」

自分の正直な思いを言葉にして、紗奈は彼の髪に自分の指を絡めて唇を重ねる。

瞬間、触れ合う唇から、彼が安堵の息を吐くのを感じた。

悠吾ほどの完璧な男性が、紗奈がどんな答えを出すのか緊張していたのだと思うと、不意に緊張が緩んだ。

もしかしたら初めての経験じゃなくても、誰もが、愛する人と初めて肌を重ねる時はどうしようもなく緊張するのかもしれない。

「悠吾さん、愛しています」

短い口付けの後で紗奈が囁くと、悠吾は彼女の頬に手を添え、顎を軽く上向かせて唇を重ねる。

強く重ねた唇が『俺も』と、動くのがわかった。

そしてそのまま、紗奈の唇を割り開き舌で口内を撫でる。

二度目のその感覚に、最初ほどの緊張はない。それどころか、自分が求められているということに、強い喜びを覚える。

彼に自分の思いを伝えたくて、紗奈からも悠吾の舌に自分のそれを絡めた。

それはもちろん拙い動きで、悠吾の欲求を満たせるようなものではないのかもしれない。

それでもそうやって、お互いを求め合って濃厚な口付けを交わしていると、まるでアルコールを摂取した時のように体と思考がふわふわしてくる。

悠吾は紗奈の髪に指を絡めて、キスの濃度を深めていく。

気が付けば、紗奈は再び彼の組み敷かれていた。

悠吾の体の重さを感じながらの深い口付けは、くらくらして紗奈の身も心も蕩けさせていく。

(悠吾さんに酔っているんだ)

まともに息もできないほどの激しい口付けに、唇の端から唾液が伝う。

「紗奈、君の全てが欲しい」

滴る唾液を指で拭い、悠吾は紗奈の首筋を舌で撫でる。

「あっ」

新たな刺激に、紗奈は甘い声を漏らした。

自分のものとは思えない鼻にかかった甘ったるい声が恥ずかしくて、紗奈は思わず瞼を伏せる。

「いい声だ」

悠吾は満足げに囁き、紗奈の首筋に舌を這わせる。

彼に刺激を与えられるたびに、紗奈は体を跳ねさせて甘い息を吐く。

「あ……やぁ……あぁ……」

彼に肌を刺激され、紗奈は悠吾の背中に腕を回して身悶える。

「紗奈、積極的だな」

彼にしがみつく姿勢となる紗奈を見て、悠吾が悪戯っぽい口調で言う。

「違……あぁっ」

紗奈は慌てて否定しようとしたけど、新たな刺激に意識を持っていかれてそれどころではない。

プライベートでの彼は、普段から時々紗奈をからかってくることがあった。

それはベッドの上でも変わらないらしい。

というか、いつも以上に意地悪だ。

「紗奈、知ってる？」

紗奈の鎖骨の窪みを舌でくすぐりながら悠吾が問いかけてくる。

口調としては疑問形だけど、答えを求めているわけじゃないようだ。紗奈が敏感な反応を示す場所を探しながら言う。

「男って、好きな子を困らせたくなる生き物なんだよ」

「意地悪」

思わずなじる紗奈に悠吾は艶っぽく笑う。

「俺の腕の中で困っている紗奈は、ひどくセクシーだよ」

そう言いながら、紗奈のパジャマのボタンを外して脱がせていく。

「悠吾さ……ん」

あっという間に紗奈の肌を露わにし、悠吾自身もパジャマ代わりに着ているスエットを脱ぐ。

そうやって素肌で抱き合い、お互いの体温を感じる行為は、恥ずかしいはずなのに心地よい興奮を誘う。

「紗奈、綺麗だ」

「見ちゃヤダ」

紗奈は手を伸ばして彼の視界を遮ろうとしたけど、悠吾がその手を掴んで甲に口付ける。

「そのお願いは聞けないな。俺は君の全てを知りたいんだから」

そう言って、紗奈の手を彼女の頭の上に押さえつけると、柔らかな胸元に顔を寄せる。

「あぅっ」

悠吾の唇が触れた部分に、チリリとした痛みが走る。

「紗奈は色白だから、気を付けないとすぐに痕が残ってしまうな」

そう言いながら、先ほど口付けた場所を指で拭う。キスマークがついてしまったようだ。

口先ではそんなことを言いながら、悠吾は紗奈にキスの雨を降らせる。

彼の唇が触れるたび、紗奈は肌に熱を感じた。

「駄目……やぁ……」

彼から与えられる熱が、肌の内側を焦がす。媚薬（びやく）のように肌を甘く痺（しび）れさせる熱に、紗奈は涙目になって訴えた。

だけど紗奈を困らせたい悠吾に、それは拒絶の言葉として届かない。

「そんな可愛い声で……俺のこと煽ってるの？」

悠吾はそう言って、時間をかけて紗奈の肌を愛撫する。その刺激に意識が蕩けて、羞恥心を忘れて、気持ちいいとしか思えない。

「悠吾さぁ……もう……本当に……」

時間の感覚がなくなるほど、悠吾に愛されて、悦楽に思考が支配されていく。

悠吾は紗奈の体から緊張が抜けきるのを待って、己の昂りを紗奈の中へと沈めてきた。

初めての行為に痛みがなかったと言えば嘘になる。

それでも悠吾が雄としての欲求を抑えて、できる限り紗奈を気遣ってくれているのが伝わってきて、痛みよりも愛おしさが紗奈の胸を支配した。

「紗奈愛している。……紗奈っ」

紗奈の上に覆い被さり、息を乱しながら悠吾が自分の名前を呼ぶ。

「あ……さ……っ」

息が上がってうまく声を出せない紗奈は、絡め合う指に力を込める。

言葉で、視線で、仕草で、体の温もりで愛する人と互いの想いを通わせる行為は、自分の中の足りない部分を埋めていく作業に思えた。

ずっと孤独に生きていた悠吾の寂しさを自分が埋めることができる。

その喜びを噛みしめながら、紗奈は悠吾との濃密な時間を過ごした。

心地よいまどろみから意識を浮上させた悠吾は、自分の腕の中で眠る紗奈を確認してそっと息を漏らした。

カーテンの隙間から朝日が差し込む部屋の中で、紗奈の寝顔は淡く輝いて見える。

その神々しい美しさに、胸に温かな思いが満ちていく。

誰かといるより、孤独でいたい。

ずっとそう思っていたはずなのに、紗奈と愛を確かめ合った自分は、ひどく満たされている。

「ありがとう」

起こさないよう気を付けたつもりだったのだけど、紗奈が身じろぎして薄く目を開ける。そして悠吾と目が合うと、ふにゃふにゃした笑みを浮かべた。

「……さん」

寝起きの掠れた声で名前を呼び、悠吾の胸に甘える。

悠吾は紗奈の髪を撫でながら、もう一度「ありがとう」と囁く。

ずっと自分には、人間として欠けているという自覚はあった。

それは愛情のない家庭で育ったせいだと思っていたが、紗奈を愛して初めて、そうではなかったのだと理解した。

心から人を愛することでやっと、自分の欠けている部分は満たされるのだ。

「紗奈、ゴールデンウィークになったら旅行をしないか？」

「旅行、ですか？」

悠吾の言葉に、紗奈は眠たげに瞬きをする。

「そう。新婚旅行と呼ぶには少し物足りないかもしれないけど、ゴールデンウィークを利用して慶一君に会いに行こう」

大学生になったばかりの慶一は、色々やることがあるのでゴールデンウィークは帰省しないと聞いている。それなら紗奈とふたり、こちらから会いに行くのも悪くない。

「でも悠吾さんはお仕事で疲れているんだから、ゆっくりしたいんじゃないですか？」

自分を気遣ってくれる紗奈の優しさを愛おしく思いながら、悠吾が言う。

「俺が慶一君に会いたいんだよ」

「ありがとうございます」

紗奈はこちらの胸に甘えることで、喜びを伝えてきた。

悠吾はそんな彼女の髪を撫でながら、ふたりのこれからについて考える。

「でもその前に、今日はまず結婚指輪を買いに行こう」

かりそめの関係として始まった自分たちは、足りないものだらけだ。

そういった欠けたものを満たしていくことで、自分と紗奈は、これから本当の夫婦になっていくのだ。

（そして、そのためには……）

自分にはすべきことがある。

紗奈に悟られないよう、悠吾は彼女の髪に顔を埋めて、自分のすべきことを考えていく。

アメリカに本店があるジュエリーブランドの応接室。

ソファーに座り左手を高い位置に掲げる紗奈は、自分の薬指で輝く指輪を眺めてそっと息を漏らした。

朝、彼の腕の中で目が覚めた時、あまりに幸せすぎて自分はまだ夢の中にいるのではないかと疑ったくらいだ。

でも体には彼と思いを通わせた際の感覚が残っていて、鈍い痛みが、あの時間が夢ではなかったのだと伝えている。

それだけでも泣きたくなるくらい幸せなことだったのに、彼は、ゴールデンウィークに慶一に会いに行くことや結婚指輪の購入を提案してくれた。

そして再びベッドで愛し合い、遅めの朝食をとってこの店を訪れたのだ。

「それにする？」

並んでソファーに座る悠吾が、問いかける。

そのやり取りを見て、ふたりの向かいに座るスタッフが「奥様によくお似合いです」と微笑む。

その言葉に、紗奈は自分の薬指で輝く指輪を再度見た。

職人の巧みさを感じさせる繊細な銀細工が代名詞とも言えるブランドの指輪は、華美な装飾がなされているわけではないのに目を引く美しさがある。

「シンプルなデザインだからこその美しさがあるな」

紗奈の心を読み取ったかのように悠吾が言う。

彼と自分の感想が一致したことがうれしくて紗奈が微笑むと、悠吾が「これにします」とスタッフに告げた。

その言葉を受けて、スタッフがふたりの指のサイズを測り、刻む言葉などを確認していく。

「刻印する日付は、昨日でいい？」

スタッフの質問を受けて、悠吾が紗奈に聞く。

その問いに、紗奈は笑顔で頷いた。

ふたりが入籍したのは三月の終わりだけど、本当の意味で夫婦になったのは昨日だと紗奈も思っている。

スタッフが注文書の準備をするために席を立つ。指輪の仕上がりには一週間ほどかかるとのことだ。

「夢みたいです」

悠吾とふたり応接室に残された紗奈は感嘆の息を漏らした。

「俺もだよ」

紗奈の左手を包み込むように握り、悠吾が言う。

そんな彼の横顔を見やり、紗奈は幸福感と共に、胸のざわめきを覚える。

もともと悠吾が紗奈との結婚を決めたのは、彼の祖父が強引に進める縁談を破棄させるためだ。

香里が両親の反対を押し切って大介と一緒になるために駆け落ちまでしたことを知る紗奈としては、このままあっさり幸せになれるとは思えない。

（なによりも……）

「どうかした？」

自分に向けられる眼差しに気付いて、悠吾が聞く。

紗奈は、自分たちのこれからを語る悠吾が一度もふたりの仕事について触れていないことが気になっている。

古賀建設の社長候補として政略結婚を求められていた彼が、自分との未来を選んだことで、この先面倒なことに巻き込まれるのではないか。

確信に近いその不安を口にすれば、悠吾は『問題ない』と言ってのけるだろう。だからこそ紗奈は、自分の思いを呑み込む。

「なんでもないです」

紗奈は首を横に振る。

だって自分は、悠吾と共に生きていくと決めているのだ。

感情に任せて不安を口にして問題解決を彼に押しつけるのではなく、一緒に障害を乗り越えていくつもりだ。

自分たちの結婚は、どちらかひとりが幸せになるためのものじゃないのだから。

「ただ、悠吾さんと一緒に幸せになりたいなと思っただけです」

紗奈にとってその言葉は、祈りに近いものだった。

育った環境も、抱えていた悩みの種類も異なるけど、自分も彼もこれまでの人生で十分苦労をしてきた。

だからもう幸せな家庭を築くことを許してほしい。

それが難しい願いだとわかっているからこそ、そう願わずにはいられないのだ。

ふたりで結婚指輪を選んだ後、悠吾は紗奈をデートに誘ってくれた。

どこに行きたいかと聞かれて、紗奈は一緒に日用品の買い出しに行きたいと答えた。

彼はもっと華やかな場所をリクエストされると思っていたみたいだけど、紗奈としてはこれからふたりで暮らしていくのに必要なものを揃えておきたかった。

これまで悠吾にパートナーがいることをアピールするという目的もあり、散々デートはしてきたのだ、今は彼との暮らしを整えることを優先したい。

紗奈がそう話すと、悠吾も喜んで揃いの食器なんかを選んでくれた。

時折カフェで休息を挟みながら、ふたりで意見を出し合い買い物をする時間は心弾むものだった。

買い物を堪能した帰り道、悠吾はこのまま夕食を外で済ませないかと提案してくれたが、紗奈はそれを断った。

だってせっかくふたりで選んだ食器があるのだ、早く使いたいではないか。

紗奈がそう言うと、悠吾もその意見に賛成してくれた。

そして彼と暮らすマンションで紗奈の手料理を食べ、食後にアルコールを楽しみ、ひとつのベッドで絡み合うように肌を重ねて、一緒に眠る。

そんな幸せな週末を悠吾と過ごした。

ふたりの前に立ちはだかるもの

週が明けた月曜日、古賀建設のオフィス。

いつも通りにデスクワークをこなす紗奈は、視界の端で悠吾が立ち上がるのが見えて、そちらに視線を向けた。

他の社員と共に、ホワイトボードに予定を書き込み、オフィスを出ていく。

それによれば、今日はこの後終日外出し、直帰するとのことだ。彼と暮らす紗奈は、もちろん事前にそのことを聞かされている。

帰りはそれほど遅くならないとのことで、今日も一緒に夕食を食べる予定だ。

想いを通わせ甘い週末を過ごしたふたりだけど、職場では引き続き関係を隠している。

ただそれは一時的なもので、悠吾には、指輪の仕上がりを待って周囲に報告しようと言われている。

（大丈夫……だよね？）

そこまですれば、それはもちろん社長の耳にも入る。

悠吾にはなにか考えがあるようだけど、詳細については聞かされていない。

自分の夫を信じていないわけではないが、どうしても不安が残る。

「松浦君」

考え込んでいると、誰かに肩を叩かれた。

振り返ると、見覚えのない年配の男性が立っていた。

（誰だろう？）

スーツの襟元に社章が留めてあるので、古賀建設の社員なのは間違いないのだけど紗奈は知らない顔だ。

「君が松浦紗奈君だよね？」

返事をしない紗奈に、男性が確認する。

「はい。そうですけど……」

チラリと周囲に視線を走らせると、男性の姿に「あっ！」と驚いた顔をするスタッフもいるので、社内では知られた存在なのかもしれない。

「社長秘書を務める斉木です。社長がお呼びですので、ご同行いただけますか」

その言葉に、紗奈は周囲の反応に納得する。

紗奈にとって、大企業のトップである社長は雲の上の存在すぎて写真でしか顔を知らない。それは悠吾と結婚した後も変わらずで、社長秘書に至っては、顔までは把握していなかった。

そんな立場の人が悠吾が席を離れるのを待っていたようなタイミングで自分を呼びに来る時点で、どんな用があるのかは察しがつく。

悠吾の想いを確かめた今、社長になにを言われても彼と別れるつもりはない。

「わかりました」

パソコンの向こうから、みゆきが心配そうにこちらの様子を窺っている。そんな彼女に『大丈夫』と目配せをして、紗奈は立ち上がる。

そして「少し席を外します」と、誰とはなしに声をかけて斉木の後に続いた。

「失礼します」

斉木に続いて社長室に入った紗奈は、一礼して顔を上げた瞬間に息を呑んだ。

「遅いわよっ！　いつまで待たせるつもりっ！」

そう尖った声を発するのは、社長の恭太郎ではなく、彼と並んで応接用のソファーに座る明日香だ。

社長室に呼ばれた段階でそれなりの覚悟をしていたけど、彼女がいるとは思っていなかったので驚く。

そんな紗奈の表情を見て、明日香は意地の悪い笑みを浮かべる。

「あなたに確かめたいことがあって呼んだの。弟さんのためにも、この会社を辞めて、悠吾さんの前から姿を消すわよね？」

シャープな顎のラインに指を沿わせて、明日香は意地悪く笑う。

彼に心配をかけるのが嫌で、明日香に脅されたことを悠吾には話していない。

慶一にはそれとなく近況確認をしたが、特に変わった様子はなかった。だから状況を確かめつつ対策を考えるつもりでいたのだが、明日香は、紗奈にそんな猶予を与えるつもりはなかったようだ。

それでも……。

「会社を辞めるつもりはありません」

慶一のことは心配だけど、悠吾のためにもその考えを曲げることはできない。

拒絶の言葉に、明日香は目をつり上げる。

「社長、今すぐこの女をクビにしてください。この女は、飯尾家の令嬢になりすまして私の悠吾さんに近付いて、言葉巧みに彼を騙して……」

さすがに紗奈と悠吾が結婚していることまでは知らないのだろう。明日香の中で、自分たちの関係がかなり歪んだ形で解釈されている。

「違……っ」

「黙れっ！」

紗奈は訂正しようとしたのだけど、恭太郎に一喝されて言葉を呑み込む。

紗奈が黙ると、恭太郎は明日香に視線を向ける。

「明日香さんが心配せずとも、こんな素性も知れぬ女を古賀家に迎え入れる気はない。会社にも不要だ」

恭太郎が断言すると、明日香は満足げに頷く。

「古賀のおじい様がそう仰るのなら、ひとまずこの場をお預けします」

そう言うと、明日香は自分の前に出されていたお茶を手に立ち上がる。

そしてそのまま猫のようなしなやかな足取りで紗奈に歩み寄ると、それを紗奈の顔にぶちまける。

「きゃっ」

お茶はすでにぬるくなっていて、ヤケドをするような温度ではない。それでも非識な彼女の振る舞いに、紗奈の心が凍りつく。

「ごめんなさい。手が滑ったの」

明日香は髪から雫を滴らせる紗奈を見て、ニヤリと笑って謝罪する。

そんなあからさまな嘘をつく彼女を咎める者はこの場にいない。

紗奈が悔しさに唇を噛むと、一応の満足をしたのか明日香は手にしていた湯飲みを斉木に押しつけ、恭太郎を振り返る。

「古賀のおじい様、この女を二度と悠吾さんに近付けないよう処分しておいてくださいね」

そう伝えると、帰り支度を始める。

紗奈のような女と同じ空気を吸っていたくないと言い放ち、彼女はそのまま出ていく。

恭太郎が斉木に見送りを命じた。

そしてそれと入れ替わるようにノックの音が響き、ドアが開いた。

「社長、お呼びでしょうか？」

そう言って部屋に入ってきたのは、悠吾の父である昌史専務だ。

挨拶もなく恭太郎は顎の動きで紗奈を示して、昌史に問いかける。

「お前は悠吾がその女と結婚していることを知っていたのか？」

恭太郎の言葉にこちらへと視線を向けた昌史は、お茶をかけられた姿のまま佇む紗奈の姿に一瞬驚いた顔をした。だけどすぐに無表情になり、恭太郎へと視線を戻す。

「知りませんでした。そもそも、あの子は私を毛嫌いして避けていて、会話することもありませんから」

「そうだろう。あれはお前には似ても似つかぬ優秀な子だ。お前を父親などと呼んで慕うはずがない」

恭太郎はあからさまに昌史を嘲る。

悠吾に事情を聞かされているので、紗奈もふたりの親子関係の秘密は知っている。それでもその態度は、自社の専務で娘婿に対するものとしてあんまりだ。

露骨に昌史を嘲るその姿は、自身の血を引く者しか認めないと言いたげだ。

昌史はそういう扱いに慣れているのか、恭太郎の声を聞き流している。

ひとしきり嫌みな笑い声をあげ満足したのか、恭太郎は「さて……」と、紗奈へと視線を向ける。

「話を本題に戻そう。お前は知らぬ間に私の身内になっていたようだが、身の程もわきまえず、なにを企んでいる？」

恭太郎はソファーに座ったまま、紗奈を睨む。

体勢としてはこちらが彼を見下ろす形になっているのだけど、ただならぬ気迫を感じる。それでも紗奈は、まっすぐに恭太郎を見つめ返す。

「生意気な小娘だ」

無言のまま数秒見つめ合った後、恭太郎が舌打ちして呟く。

「明日香嬢は気付いていないようだから、今のうちに悠吾と離婚してさっさと消えろ」

恭太郎は虫を払うように手を動かして言う。だけどそんな命令に、従えるはずがない。

「悠吾さんと別れるつもりはありません」

臆することなく断言する紗奈に、恭太郎が歯ぎしりする。

「あれは、私のものだ。古賀建設を発展させるために、時間と金をかけてあれを育てた。だからお前にそんなことを言う権利はない」

自分の孫を『あれ』と呼ぶ恭太郎に、悠吾に対する身内の情は感じられない。そのことに怒りを覚える。

「悠吾さんは、誰の所有物でもありません。彼が私を妻に選んでくれたのだから、そんな言い方をする人の命令に従って別れるつもりはありません」

目の前にいるこの人が、自社の社長で、愛する夫の祖父だなんてことはどうでもいい。紗奈はキッパリとした口調でそう宣言した。

おそらく紗奈はクビになるだろうけど、それでもうかまわない。

大事なのは悠吾のそばに居続けることだ。

そのまま一礼して、社長室を出ていこうとした。その背後で、恭太郎が言う。

「そうか。ならもういらん」

「え？」

ふたりの関係を認めるようなニュアンスが微塵も感じられない冷めた声に、紗奈は思わず振り返った。

目が合うと、恭太郎が意地悪く笑う。

「悠吾をクビにするとしよう。そして、この業界で二度と仕事ができないよう圧力をかけるとするか」

「社長っ」

それにはさすがに昌史も驚きの声をあげる。

「私の言いなりにならない駒はいらん」

恭太郎はそう言い放ち、昌史に命令する。

「ついでにその女が親しくしている社員も調べてクビにしておけ」

「そんなっ、理由もなく解雇するなんて不可能です」

「理由なんて……なあ」

反論する紗奈の言葉を受けて、恭太郎は昌史に目配せをする。それに昌史は無言で頷く。理由がなければ作ると言いたげだ。

みゆきの顔を思い出し、紗奈が表情を硬くする。恭太郎は弱点を見つけたと悟ったようで、勝者の笑みを浮かべる。

「お前ひとりのワガママで、何人不幸になるかな?」

紗奈が無言で拳を強く握りしめると、恭太郎が昌史に指示を出す。

「一週間、時間をやる。その間にその女を離婚させて、会社から追い出せ」

恭太郎の言葉に、昌史はやれやれと首を横に振る。

「汚れ役は、いつも私ですね。最近では、社長だけでなく明日香さんのお世話係まで任されている」

「そのためにお前を金で買ったんだ。文句はあるまい」

紗奈を抜きにして恭太郎とそんな言葉を交わすと、昌史は紗奈の肩を押して退室を促す。

紗奈はその勢いに流されるように社長室を後にした。

「使いたまえ」

社長室を出ると、昌史は紗奈にハンカチを差し出す。

お礼を言ってそれを受け取った紗奈が、濡れた髪を拭く。

明日香にかけられたお茶はそれほど量がなかったのか、すでに服に吸収され、髪が少し湿っているだけの状態になっている。

気休め程度に、借りたハンカチで押さえて水気を取る。

「今日はこのまま早退しなさい。必要な手続きは私がしておく」

「いえ。ロッカーに予備のブラウスが入れてあるので、着替えてこのまま仕事します」

自分はなにも悪いことはしていないのだ。

この先のことを今すぐ決断することはできないけど、やりかけの仕事をそのままに逃げ出すようなことはしたくない。

紗奈の言葉に、昌史は小さく頷く。

廊下を進み、昌史は自分でエレベーターの昇降ボタンを押す。

そこで会話が途切れ、ふたりの間に沈黙が満ちる。

エレベーターが到着し、自動ドアが開く。

「あの……」

昌史は黙ってそれに乗り込み、それに続いてエレベーターに乗り込む紗奈は声を絞り出した。

振り向く昌史が視線で先を促すので、紗奈はそのまま疑問を口にする。

「悠吾さんと別れろとは言わないんですか？」

先ほどの会話からして、そう仕向けるのが昌史の仕事のように聞こえた。

紗奈の質問に、昌史は静かに笑う。

「私が別れろと言ったら別れるのかい？」

「いえ」

紗奈が首を横に振ると、昌史は「そう」と呟き階数ボタンを押す。専務の執務室がある階ではなく、紗奈の勤務する経理部のある階だ。

「一応、更衣室の前まで送らせてもらうよ」

昌史は、紗奈と共にエレベーターを降りた。

「松浦君」

更衣室の前まで来ると昌史が紗奈の名前を呼んだ。

そして紗奈が彼を見上げると、深く頭を下げて言う。

「あの子のそばにいてくれてありがとう」

「あの……」

突然昌史にお礼を言われて紗奈が戸惑っていると、廊下の向こうから自分を呼ぶ声が聞こえた。

見ると、血相を変えて走ってくる悠吾の姿が見えた。

外出の予定を急遽変更して古賀建設に戻ってきた悠吾は、地下駐車場で車を降りるなり声をかけられ足を止めた。

「あらっ、悠吾さん」

見ると、赤いスポーツカーの前に立つ明日香と、祖父の秘書である斉木の姿があった。

「君が、どうしてここに……」

斉木を従えている段階で、嫌な予感しかしない。

本来なら明日香になど関わりたくないが、今の悠吾には彼女に確かめておきたいことがある。

悠吾が近付くのを見て、明日香は斉木に見送りはここまでで結構と言う。

「紗奈になにをした？」

斉木がその場を離れるのを待って、悠吾は明日香に直球の質問を投げかけた。

悠吾が急な予定変更をして戻ってきたのは、紗奈の弟の慶一から姉を心配するメッセージを受け取ったからだ。

急に紗奈から電話があり、歯切れ悪く慶一のことを心配し、なにかあったら紗奈にすぐ連絡するように言われたのだという。

姉弟の勘のようなもので、姉になにかあったと察した慶一が、悠吾に相談してきた。

その連絡を受けて、紗奈が心配になって社に戻ってきたのだが、その勘が当たったようだ。

「あなたのために、悪い虫を追いはらって差し上げたのよ」

明日香は、悠吾の腕に手を添え、誇らしげに微笑む。

その言葉に、悠吾の頭に血が上る。

「ふざけるなっ！」

悠吾は、腕に触れる手を乱暴に払いのけた。

その態度に、明日香が目を見開く。

「悠吾さん、なにをっ！」

「彼女になにかしたら、ただではおかない」

さも自分が不当な扱いを受けたと言いたげな顔をする明日香を睨んで断言する。

相手が女性でなければ、殴っていただろう。

そんな悠吾の気迫に、さすがの明日香も怯む。

「わ、私は、あなたのためを思ってやっているんです。それに私がこれ以上なにかせずとも、古賀のおじい様が、あの女に処分を下しますわ」

その言葉に、悠吾は踵を返してエレベーターへと急ぐ。

背後で明日香がなにか言っているが、もう相手をする気にもなれない。

「クソッ」

優しい紗奈のことだ、悠吾に心配かけないよう明日香になにか言われてもそれを隠していたのだろう。そこに思い至らなかった自分が腹立たしい。

とにかく紗奈の無事を確認したいと、悠吾はエレベーターに乗り込んだ。

「紗奈っ」

経理部のあるフロアでエレベーターを降りた悠吾は、廊下の先に紗奈の姿を見つけて一気に駆け寄る。

そしてそれと同時に、彼女の隣に立つ昌史を睨む。

紗奈の髪やブラウスが濡れているのを見て、一気に頭に血が上る。

「お前、紗奈になにをした？」

相手が自分の戸籍上の父親ということや、自社の専務だなんてことはどうでもいい。

場合によっては殴りかかる覚悟で、紗奈を引き寄せて昌史を睨む。

でも昌史の方はなぜだか、悠吾の険しい眼差しを受けてうれしそうにしている。

「え……」

思いがけない反応に戸惑っていると、紗奈が悠吾の腕を引いた。

「悠吾さん、違います。専務にはなにもされていません」

慌てて紗奈が悠吾の腕にしがみつく。

「紗奈？」

彼女の声に冷静さを取り戻し、悠吾は振り上げかけた拳を下ろした。

それを見て、昌史が紗奈に声をかける。

「とりあえず、君は着替えなさい」

紗奈は頷き、更衣室に入っていく。

更衣室のドアが閉まるのを見届けると、昌史が悠吾の肩を軽く叩いて言う。

「必死に守りたいと思える存在は男を強くする。だが、拳を振り上げる相手を間違えるな」

昌史は深みのある声でそう告げて、その場を離れていった。

その日の夜。

食事を終えてソファーに移動した後で、紗奈は昼間の出来事を悠吾に話した。

「専務は、私たちを別れさせるつもりはないように思えました」

紗奈がそう話を締めくくると、悠吾は深いため息をつく。

「あの人が……」

うまく考えをまとめられないのだろう。悠吾はその先の言葉を続けられずにいる。

「悠吾さん、ひとりで抱え込まないでください」

そう思ったからこそ、ひとりで悩んだり、誰にも相談せずに自分が身を引く形でこの話を終わらせることなく、彼に昼間のことを話したのだ。

それでも悠吾の表情は硬い。

「これは私たち夫婦の問題です」

紗奈はそう声をかけて、彼の手に大ぶりなマグカップを持たせた。

これから先、眠れない夜を一緒に過ごす時のために色違いで買ったマグカップは、今はミルクではなくホットワインで満たされている。

手のひらの温もりに、悠吾の表情が和む。

「ありがとう」

悠吾は柔らかく笑う。

そしてホットワインを一口飲むと、カップをテーブルに戻して紗奈を見た。

「もう少し状況が整ってから話すつもりでいたんだけど、どのみち俺は古賀建設を辞めるつもりでいたよ」

「えっ！」

驚きの声を漏らす紗奈に、悠吾は問題ないと笑う。

「俺はずっと祖父に、古賀建設の後継者として生きることを求められてきた。その使命があるから生まれることを許したと言われ、その義務を果たすために自分の感情を殺して生きることに慣れていた」

悠吾はそこで言葉を切って、紗奈の頬を撫でた。

「だけど紗奈の言葉に触れて、君と過ごす時間の中で、自分の幸せのために生きたいと思うようになったんだ」

「悠吾さん」

紗奈は彼の手に自分の手を重ねる。

初めてデートをした時の彼は、紗奈に『ビジネスの場で素を出しても、面倒』『会社での俺は、組織の歯車でしかない』と、冷めたことを話していた。

それを聞いた時、かりそめの恋人でしかない自分がどこまで踏み込んでいいかわからず、もどかしかったのを覚えている。

その時のことを思えば、彼がそんなふうに考えるようになったことは喜ぶべきなのだろうけど……。

「巻き添えで小島君に迷惑がかからないよう対策は練るつもりだが……」

悠吾は難しい表情で思案する。

紗奈ももちろん、みゆきを巻き込みたくはない。でも今はそれ以上に、悠吾のことが心配になる。

「会社を辞めてどうするんですか？」

「生活のことを心配しているのなら、働かなくても暮らしていけるだけの個人資産はある。それにこれまでのキャリアもあるから、紗奈や慶一君を困らせるようなことはない」

だから大丈夫だと悠吾は諭すように言うけど、紗奈が言いたいのはそういうことではない。

「経済的な苦労なんて気にしません。私だって転職して働きます。そうじゃなくて、悠吾さんは建築の仕事が好きなのに辞めて後悔しませんか？」

紗奈の指摘に悠吾の表情が陰る。それを見れば、彼の本音がどこにあるのかわかる。

悠吾が、古賀建設で仕事をするようになってからの日数はまだ浅い。それでもその働きぶりを見ていれば、仕事への情熱が伝わってくる。

彼がこの道に進んだ最初のきっかけは、創業家に生まれたということにあるのだろう。だけどそれだけじゃない思いがあったはず。

それなのにこんな形で会社を去って、悔いが残らないはずがない。

紗奈にでもそれくらい簡単にわかるのに、悠吾は涼しい顔で言う。

「どちらかを選べと言われたら、俺は迷わず紗奈を選ぶ。君と暮らす未来にはそれだけの価値があるんだ」

悠吾はそう言って紗奈を抱きしめる。

「それにどんな苦境に追いつめられても、俺にはそれを乗り越えられる商才があると自負している」

悠吾が持ち前の強気な口調で嘯く。

彼らしい強気さに、そんな場合じゃないというのについ笑ってしまう。

「悠吾さん」

愛おしい人の名前を呼び、紗奈からも彼の背中に腕を回す。

好きな人にそこまで求められて、女性としてうれしくないはずがない。

この人となら、どこに行っても大丈夫。そう思わせる強さが彼にはある。でもだからこそ、信じたいのだ。

紗奈は背中に回していた腕を解いて、悠吾の胸を押す。

そして彼を見上げて言う。

「私も、悠吾さんとなら、どこに行っても大丈夫だと思っています。だからこそ、そのどこかが、古賀建設では駄目ですか？」

「えっ！」

想定外の言葉に、悠吾が目をしばたたかせる。

「だって悠吾さんは、なにも悪いことをしていません。苦労して自分の力で手に入れた大事なものを、どうして手放さなきゃいけないんですか？」

紗奈も悠吾も一生懸命自分の人生を生きて、その中で出会った人と恋をして結婚しただけだ。

ただそれだけのことなのに、大事ななにかを失わなければいけないなんて納得ができない。

この先、長い人生を共に生きていく中で、自分のせいで悠吾のキャリアに影を落としたなんて思いたくないし、悠吾のせいでなにかを失ったなんて思いたくない。

紗奈の言葉に、最初は驚きの表情を浮かべていた悠吾が破顔する。

「確かに、紗奈の言う通りだ」

ひとしきりクスクス笑った後で、紗奈を抱きしめて言う。

「紗奈はいつも、俺に大事なことを教えてくれる。そのひたむきな強さに、俺は何度でも君に恋をするんだろうな」

「それは、私の台詞です」

悠吾がいるから、紗奈は強くなれるのだ。

「古賀建設に残ると、紗奈に苦労をさせることになるかもしれないけど、それでもいい？」

「望むところです」

紗奈が強気な表情でそう返すと、悠吾は古賀建設に戻ってから気になっていたということを話してくれた。

それを聞かされた紗奈は彼にひとつの提案を持ちかけた。

夫婦になろう

その週の土曜日、紗奈は悠吾と共に都内にある老舗ホテルを訪れていた。

気兼ねなく話し合うために悠吾が予約したスイートルームに入ると、中にはすでに呼び出した三人の姿があった。

恭太郎と昌史と明日香だ。

リビングスペースには、大人が三人は余裕で座れそうなゆったりとしたソファーがテーブルを挟んで二脚と、その脇に、ひとりがけソファーが一脚置かれている。

恭太郎と明日香が距離を取ってひとつのソファーに陣取り、昌史はひとりがけのソファーに姿勢よく腰掛けている。

「社長、ご無沙汰しております」

慇懃(いんぎん)に頭を下げる悠吾の挨拶を受けて、恭太郎は眉間に深い皺を刻む。

「昌史、これはどういうことだ？」

そう怒鳴られても、昌史は視線を落としてなにも答えない。

「今日は、悠吾さんから結婚について話があるんじゃなかったの？」

明日香もヒステリックな声をあげる。

「ええ。これ以上私たちの人生に干渉させないために、私の妻を正式に紹介させていただこうと思いまして」

悠吾はそう答えて、紗奈の肩を抱き、恭太郎たちの向かいのソファーに座らせる。

その動きに明日香が目をつり上げるが、紗奈はその視線に受けて立つ。

少しも怯まない紗奈の態度に、明日香は「あら、そんな態度をとっていいのかしら?」と意味深長に笑う。

暗に慶一の将来を台無しにすると脅しているつもりなのだろうけど、紗奈は気にしない。

ふたりで今後について話し合った後、慶一には、自分たちの結婚に否定的な人がいて、そのせいでなにか迷惑をかけるかもしれないと伝えてある。

紗奈のメッセージを受けた時から、ある程度のことは予想していたのだろう。慶一からは、自分は大丈夫だし、もしそれで今の大学にいられなくなったら、来年こそ国立大学合格を目指して勉強するから気にしなくていいと言われた。

もちろん悠吾は、責任をもって慶一のことを守ってくれると言っている。

紗奈の母も、一緒に暮らし始めた男性との結婚を予定していて、夜の仕事を辞めて真面目に職探しを始めたところだ。

それを知った悠吾が就職の斡旋を申し出てくれたが、母の明奈は『これ以上紗奈に迷惑をかけたくない』と、自分で仕事を探し、新しい人生を踏み出す覚悟で日々頑張っている。

そうやって大事な人たちが後押しをしてくれているのだから紗奈も、明日香の脅しに負けたり、自分の家族を卑下したりしない。

彼女に自分の居場所を明け渡す気はないと、悠吾の隣で胸を張る。

「それがお前の答えか？　私を敵に回す覚悟があってのことか？」

恭太郎の問いに、悠吾はそっと息を漏らす。

「同じ古賀建設で働く者として、敵も味方もないでしょう。ただ孫として結婚の報告の場を設けただけです。社長こそ祖父として、私の結婚を祝ってくれる気はありませんか？」

悠吾の言葉を、恭太郎は「くだらん」と、鼻で笑う。

「そう言うのなら、会社のために私の言いなりになっておけばいい。それが賢い生き方だ。今すぐ考えを改めるのなら、その女にたぶらかされていただけと思って、今の言葉を忘れてやるが？」

恭太郎が低い声で問う。

「そうですか」

恭太郎の言葉に、悠吾は視線を落とす。

そのまま数秒黙っていた悠吾は、表情を引き締めて恭太郎を見た。その眼差しには、彼の覚悟が見える。

恭太郎にも彼のただならぬ気迫が伝わったのだろう。小さく身構える。

その反応に悠吾は薄く微笑み、スーツの胸ポケットから三つ折りにしていた書類を取り出し、恭太郎に差し出す。

「これは？」

怪訝な表情を浮かべつつ、恭太郎は書類を受け取り視線を走らせ表情を硬くした。

「お前、これをどこでっ！」

声をうわずらせる恭太郎の表情を、隣の明日香は他人事といった感じで眺めているが、彼女にも無関係な話ではないことを紗奈は知っている。

「一部は、私が個人的に調べていた証拠です。これまで他社で働いていた私は、古賀建設に入ってすぐに資材単価に違和感を覚えました。ただ日が浅く、決定打を見つけ出せずにいました」

悠吾の『一部は』という言葉に、恭太郎は弾かれたように昌史を見た。その視線の動きを見て、悠吾は言葉を続ける。

「社長は下請け企業に圧力をかけて、資材単価の水増し請求をさせて、利益の一部を自分の個人口座にキャッシュバックさせていましたね」

その指摘に、恭太郎のこめかみが痙攣する。

明日香は口元を手で隠し「あら、そんなことをされていたの？」と、他人事を決め込んでいる。

悠吾はそんな彼女に冷ややかな眼差しを向けて言う。

「明日香さん、祖父のお気に入りであるあなたが、祖父の入れ知恵で同じことをしていたことも調べ済みですよ」

「なっ！」

明日香は一瞬にして顔を青くし、昌史を見る。

その動きをたどるように、紗奈や悠吾も視線を向けると、昌史は視線を上げて口を開く。

「これまで私は長年、社長や明日香さんの命を受けて、不正請求の調整役を続けて参りました。それらの会話は全て録音を残してありますし、金の流れの記録も取ってあります」

「そんなっ！」

悲鳴に近い叫び声をあげて明日香が立ち上がる。

「お前、なんのためにそんなことをっ！」

恭太郎もソファーの肘掛けを拳で叩いて激高する。

ふたりの叱責を受けて、昌史はもともと細い目をさらに細めて言う。

「保身のためですよ。あなた方が婿養子の私を軽んじて、いいように利用するつもりでいたのは承知しています。もし悪事が明るみに出れば、ふたりとも全ての罪を私に押し付けるつもりだったでしょ？」

昌史の言葉に、ふたりが言葉を呑み込む。視線を泳がせる表情が、図星だと述べている。

それを見て、昌史は息を吐く。

「経理部長を任された悠吾は、違和感のある資金の流れに気付き私を追いつめた。ごまかしきれないと思ったので、おふたりを道連れにさせていただくことにしましたよ」

昌史は意地悪く笑う。

そして「東野会長にも、この件に関してまとめた書類を郵送させてもらいました」

と付け足す。

「なんてことをっ！」

明日香は声を荒らげて昌史に拳を振り上げるけど、悠吾が素早く立ち上がり、彼女の手首を掴んでそれを阻む。

手首を押さえたまま明日香に鋭い眼差しを向ける。

「ここで癇癪を起こしているより、東野会長のもとに駆けつけて少しでも自己弁護をしておいた方がいいんじゃないですか？　会長のお人柄を考えると、そんなことであなたを許すとは思えませんが。それでも、謝らないよりはマシです」

明日香の手から力が抜ける。

それを感じ取った悠吾が手を放すと、明日香はかたわらに置いていたバッグを掴み、足早に部屋を出ていく。

カツカツと床を鳴らすヒールの音が遠ざかり、乱暴にドアを開閉する音が聞こえた。

「お前、私を脅してただで済むと思うなよ」

恭太郎が、昌史と悠吾を睨む。

ソファーに座り直し、恭太郎と視線の高さを合わせた悠吾は次のカードを切る。

「社長がここで引き下がってくれないのであれば、私は父との親子鑑定を申し出ようと思っています」

「なに？」

もし悠吾と昌史がＤＮＡ鑑定をすれば、その結果がどうなるかはこの場にいる全員がわかっている。

「事実を話すかどうかは社長の判断にお任せしますが、私と父に親子関係がないと知られれば、さらなる醜聞が世間を賑わせることになるでしょうね」

恭太郎が事実を隠せば、世間は悠吾の母が浮気をし、昌史を騙して結婚したと判断する。なにも知らず義父の婿養子という立場で断りきれずに悪事に荷担させられた昌史に同情が集まるだろう。

事実を明かしたら明かしたで、出世欲につられて偽装結婚を引き受けた昌史より、恭太郎の非情さが際立つだけだ。

そしてその全てにおいて、悠吾は被害者でしかない。

「お前……自分の家族を売るつもりか？」

恭太郎が声を絞り出す。

その言葉に、悠吾は眉間に皺を刻む。

「家族というのであれば、この件について母の了承は得ています。母は逆に、私に

『親として協力したい』と、言ってくれました」

彼だって今さら自分の出自を掘り返したところで、誰も幸せになれないことは知っている。

それでも恭太郎に対抗するため、切れるカードは全て使い果たす覚悟でいるのだ。

息を詰めてことの成り行きを見守っていた紗奈は、思わず悠吾の手に自分の手を重ねる。

それを見て、恭太郎が冷めた息を吐く。

「そんな女ひとりのために、家長である私に恥をかかせる気か？」

その言葉に悠吾は違うと首を横に振る。

「恥と言うのであれば、これまでの自分の行いを恥じてください。私を家族ではなく、会社を発展させるための歯車のひとつとして扱ったのはあなたです。私はその役目を十分に果たし、会社をよりよいものにする覚悟を決めただけです」

そしてその勇気を与えてくれたのは紗奈だと、手を握り返しこちらに優しい視線を向ける。

「昌史、お前もコイツの味方をするつもりか？」

唸るような声で問われ、昌史が大きく息を吐く。

「味方もなにも、私は社長と共に会社を追われる身ですよ。ただ、あなたより引き際の美学というものをわきまえているつもりですので、道連れを作れただけでもよしとしているだけです」

その言葉に恭太郎はうなだれる。

悠吾はそんな彼に向かって、冷めた口調で最後通告を出す。

「あなたにとって家族は、会社を繁栄させ、自身の利益を貪るための道具でしかないことはもうわかっています。だから家族のためとは言いません。会社の名誉のために、身を引いてください」

恭太郎は視線を上げ、反論の言葉を口にしようとしたが、悠吾に「それとも汚名にまみれて、まだ社長の座に君臨しますか?」と問われて再び下を向く。

そこまでの覚悟はないのだろう。

「週明け、辞任を表明する」

恭太郎はボソリと告げて立ち上がる。そしてそのまま部屋を出ていった。

彼の姿が見えなくなると、紗奈は一気に脱力してソファーに背中を預けた。

「ありがとう」

悠吾は紗奈にそう言うと、繋いだままになっていた手を離し立ち上がる。

「ありがとうございました」

そして昌史に向かって、深く一礼をする。

紗奈も慌てて立ち上がり、頭を下げた。

そんなふたりを見て昌史は困り顔で首を揉む。

「親として、できることをしただけだ。君が成長して、社長に対抗する力をつけた時に備えて、政敵になろうと決めていたんだ」

その言葉に、悠吾が奥歯を噛みしめるのがわかった。

それは悠吾自身、つい先日まで知らなかった昌史の覚悟の話だ。

「私、ちょっと外の空気を吸ってきます」

悠吾と昌史には、ふたりだけで話す時間が必要だと思い、紗奈はそう声をかけて部屋を出る。

そしてそのまま庭に出て、悠吾と話し合い覚悟を決めた日から今日までのことを思い出す。

紗奈が社長室に呼び出され、明日香に脅されたあの日、ふたりで今後の対策について話し合った。

その際に悠吾は、古賀建設に入社してからこっち、資金の流れに不透明なものを感じていたことを打ち明けた。

彼が紗奈より早く出勤し、遅くまで仕事をしていたのは、そのためなのだという。

確証が持てずひとりで調べている最中だったそうなのだが、まず最初に、これまで勤めていた会社に比べて、一部の資材単価が極端に高すぎることが気になった。

その他の件でも気がかりな点があり、調べていくと社長になんらかの関連があるように感じられたのだという。

そうなると悠吾にとって恭太郎は実の祖父なため、追及することに躊躇いも生まれた。

でも紗奈との関係を邪魔されたことにより、それを追及し、社長の足下を崩す覚悟が決まったのだという。

ただ恭太郎を追及するには証拠が足りない。

悠吾の覚悟を聞かされた紗奈は、昌史のことを思い出した。

社長室で恭太郎の命令を受けた際、昌史は『汚れ役は、いつも私ですね。最近では、社長だけでなく明日香さんのお世話係まで』とぼやいていた。

その時は会話の流れで、昌史は過去にも恭太郎の命令で社員を強引に退職させたことがあるのだろうと思っていた。だけど、もしそうなら明日香の名前まで出すのはおかしい。

それだけじゃない。昌史はそれまでも紗奈に、恭太郎の命で明日香の仕事の手伝いをしていることをにおわせていた。

よく考えれば、いくら仲がいいといっても、古賀建設の専務である昌史が手伝うというのは奇妙な話だ。

昌史はそうやって、紗奈たちが違和感に気付けるよう、小さなヒントを撒いていたのだ。

そのことに気付くと、見える景色が違ってくる。

社内で耳にする噂も手伝って、ずっと昌史と悠吾は社長の座を巡って対立しているのだと思っていたけど、顔を合わせた際、昌史はいつも紗奈たちの側に立っていた。

そして別れ際、紗奈に『あの子のそばにいてくれてありがとう』と頭を下げた昌史は、自分たちの味方だと確信した。

それらのことを悠吾に話し、まずは昌史に話を聞いてみてがどうかと提案したのだ。

そして面談した昌史は、これまでの恭太郎や明日香のマネーロンダリングの記録だけでなく、恭太郎に取り入って私腹を肥やしていた社員の不正の証拠を悠吾に差し出した。

詳細な情報を明かす昌史に、質問した悠吾が驚いたほどだ。

「専務の演技には騙されたな」

あの時の悠吾の表情を思い出し、紗奈がクスリと笑う。

あっさり自分の側につく昌史に、悠吾は本気で驚いていた。

昌史はそんな悠吾に、最初は出世欲に駆られた結婚だったけど、ぎこちないながらも家族として共に時間を過ごす中で、悠吾に父親としての愛情を持つようになったのだと話した。

もともと昌史は秘書を務めていたので、恭太郎の利己的な性格を知り尽くしている。だから、将来恭太郎が悠吾の人生の妨げになった時に協力するつもりで備えていたのだと打ち明けた。

そんなふうに時間をかけて、彼の成長を信じて待つなんて、親としての深い愛情がなければできないことだ。

悠吾と昌史に血の繋がりはないけど、そこには間違いなく親子の愛情がある。

ひとりで庭を散策する紗奈は、さっきまで自分がいたスイートルームのある辺りを見上げて、ふたりがどんなことを話しているのだろうかと想像してみる。

「ずっと、あなたに嫌われていると思っていました」

紗奈が出ていき、昌史とふたりきりになった部屋で、悠吾は自分の思いを吐露した。

言い訳するつもりはないが、いつの頃からか昌史には避けられてばかりいたので、自分に対して親としての情を持っているなんて考えてもいなかったのだ。

公の場では特に。

悠吾が出席するパーティーに昌史は絶対出席しないし、偶然鉢合わせした際には、同席するのは不快だと言わんばかりにすぐに帰ってしまっていた。

「君は聡明で、私とは似ても似つかない優れた人材だ」

話を聞いた昌史はそう言って、自分の鷲鼻を指でなぞる。

それを見て、悠吾は小さく息を漏らした。

鷲鼻に一重の細い目。自分とは顔の造形が違いすぎて、とても親子には思えない。

悠吾は母親似だと言われているが、ここまで似ていないふたりが公の場で親子として同席すれば、それを面白おかしく話題にする者はいただろう。

「それならそうと……」

昌史が苦く笑う。

「そうすれば君は私に気を遣い、対立姿勢なんて取れなかっただろ？　秘書を務めている頃から、社長の不透明な金の動きには薄々気が付いていた。でも出世欲に目が眩(くら)んだ私は、その件を追及することなく君の母親と結婚した」

昌史に言わせると、恭太郎が彼を母の結婚相手に選んだのは、その辺の口止めも兼ねてのことだったそうだ。

その時点で、昌史自身、犯罪に加担したようなものだったと話す。

出世欲に囚われていた当時の昌史は、そのことに罪悪感はなかったそうだ。

でも悠吾の誕生や成長を見守るうちに、父親としての自覚が芽生えたことで、意識に変化が生じた。

自分の社会的地位を守るより、子供や社員のために古賀建設の因習を排除したいと思うようになった。

創業家が絶大なる権力を握る古賀建設では、一部の幹部の企業との癒着やパワハラなど、時代錯誤な風潮がまだ残っている。そういったものを排除した上で、悠吾に新しい時代の指導者になってほしいと考えたのだ。

ちょうどその頃から、恭太郎にマネーロンダリングの手伝いを命じられるようになっていた。

恭太郎は昌史に『娘婿として信頼しているから……』と話していたが、いざとなれば自分に面倒ごとを押しつける気でいるのは明白だった。

もしそれを断れば、社内での権力を取り上げられて閑職に追われるのは目に見えていたので、恭太郎の手駒になっているフリをして今日のこの日に備えていたのだという。

「世間的には、私は優秀な息子に嫉妬した愚かな父親と思わせておいた方がいい。息子に負けるのが嫌で社長に取り入るために不正に荷担し、善良な君は、愚かな父を正すため、仕方なく処罰を下したというスタンスを取らせたかったんだ」

なぜそうしたかったのかの理由はもう聞かされている。

表向きこの件は、悠吾に不正を暴かれた昌史が、自分ひとりが処罰されるのは面白くないと、悪事に荷担した人たちを告発して道連れにして終わる。

悠吾はあくまで、父の自供に基づいてやむを得ず、不正に荷担した社員を処罰するのだ。

そうすることで、悠吾に対する恨み言を最小限に抑えつつ、腹黒い古参社員を一掃することができる。

「政治と会社運営は、クリーンなイメージが大事だ。若いうちは特にね」

昌史は悠吾の背負う荷物を少しでも減らすために、長年悪役を演じていたのだ。

「これからどうするつもりですか？」

どこまでを公にするかはわからないが、不祥事を起こして会社を離れるのだ。どんな形にせよ、これからの彼の人生には大きなペナルティーが科せられる。

心配する悠吾に、昌史は問題ないと話す。

「ことが落ち着いたら生まれ故郷の長野(ながの)に引っ込むつもりだ。君のお母さんがついてきてくれるなら、今さらだが、ふたりでのんびり夫婦生活を送るのも悪くない」

「そうですか」

先日、今日の一件を前に話をした母は、昌史に信頼を寄せているようだった。

世間知らずの母にとって、心から愛した男性に裏切られたショックは大きく、傷が完全に癒えたわけではないのだろう。それでも悠吾が気付けなかっただけで、長い夫婦生活の中で、両親の間には家族としての情が育まれていたようだ。

恭太郎の顔色を窺って生きることで神経をすり減らしている母には、心機一転長野で暮らすのも悪くない。

母が昌史についていってくれるといいと思う。

そんなことを考えていると、昌史が意地の悪い顔をする。

「私のことより自分の心配をした方がいいんじゃないか？　若い頃は出世に目が眩んだが、大企業の経営は容易いものじゃない。しかも古賀建設は社長と専務の不正が明らかになったのだから」

その言葉に悠吾は表情を引き締める。

確かにこれから古賀建設は大変だろう。会社は世襲制ではないので、不祥事を起こした創業家の人間である悠吾がそのまますんなり社長の座に就ける保証もないのだ。

だけどそれでかまわない。

全力で社長の座を取りに行き、古賀建設を立て直してみせる。

「私には支えてくれる存在がいるから大丈夫です」

ふたりの今後について話し合った時、紗奈に『私も、悠吾さんとなら、どこに行っても大丈夫だと思っています。だからこそ、そのどこかが、古賀建設では駄目ですか？』と訊かれて、悠吾の覚悟は決まった。

その時のことを思い出す悠吾の顔を見て、昌史は満足げに頷く。

「確かに彼女のような人が、人生を共に歩んでくれるなら心配はいらないな」

そう言って昌史は立ち上がり、「それじゃあ、私はこれで」と、部屋を出ていこうとする。

それを悠吾が呼び止める。

「お父さん」

昌史のことをそう呼んだのは、何年ぶりだろうか。

自分の出生の秘密を知り、昌史に避けられていると思うようになってから、一度もそう呼んだことがなかった。

弾かれたように振り返る昌史の目が潤んでいる。

その顔を見て、悠吾の胸に熱い感情が一気にこみ上げる。

そんな彼に歩み寄り、右手を差し出す。

「落ち着いたら、妻と一緒に長野に遊びに行きます」

「待ってるよ」

差し出された手を握りしめ、堅い握手を交わした。

香里の依頼を受けてから今日までのことをあれこれ思い出しながら気ままに庭を散

歩していた紗奈は、名前を呼ばれたような気がして足を止めた。

ちょうど池の畔(ほとり)を歩いていたところで、周囲を見渡すとこちらへと近付く悠吾の姿が見えた。

「悠吾さん」

紗奈は小走りに悠吾へと駆け寄り、その胸に飛び込んだ。

「専務との話はもういいんですか？」

そのまま質問を投げかけると、悠吾は抱きしめる腕に力を込めることで質問に応える。

「ありがとう。紗奈と出会えなければ、俺は人を愛することを知らず、自分が愛されていることにも気付けずに一生過ごしていたよ」

紗奈の髪に顔を埋めて深く息を吐く。

「悠吾さん」

紗奈が顔を上げると、悠吾はそのまま唇を重ねてくる。

口付けを交わし、互いの体温を感じ、自分に幸せを与えてくれる存在がその腕のなかにあるのだと実感していると、腕を解いた悠吾が地面に片膝をついた。

そしてスーツの胸ポケットにしまってあった小箱を取り出す。

中身は先週末、悠吾と選んでサイズ調整を依頼していたふたりの結婚指輪だ。

ここを訪れる前に、ふたりで店に立ち寄り受け取ってきた。

悠吾がリングケースの蓋を開けると、傾きかけていた太陽の光が、ふたりの指輪を鈍く輝かせる。

本来はシルバーの指輪が、沈みかけた日の光の下で、蜂蜜のような甘い黄金色の輝きを放っている。

「紗奈、出会ってくれてありがとう。これからの日々を、どうか俺と一緒に歩んでくれ」

爽やかな春の風が紗奈の髪を揺らす。

「はい。よろこんで」

そう返し、お互いの左手薬指に、夫婦の証である指輪を嵌め合うと、想いを確かめるように唇を重ねた。

エピローグ

ゴールデンウィーク、紗奈と悠吾の姿は都内にあった。

当初はゴールデンウィークの休みを利用して慶一に会いに行く予定を立てていたが、再び日本を離れる前に香里と大介が結婚式を挙げることになり、そちらの予定を優先させてもらうことにした。

結果、慶一もふたりを祝福したいと言い出し、どうにか予定をやりくりしてお祝いに駆けつけたのだった。

それならばと、今さらではあるが悠吾の両親と、紗奈の母とその再婚相手、慶一を交えて両家の食事会を開いたのは昨日のことだ。

初めて顔を合わせた悠吾の母である百合子(ゆりこ)は、悠吾によく似た綺麗な人で、涙ながらに自分たちの結婚を祝福してくれた。

その姿に、紗奈の身を案じていた慶一も安心してくれたようだ。

初めて顔を合わせた母の再婚相手の男性も、真面目で穏やかそうな人で、紗奈と慶一を安堵させた。

終始和やかな食事会の翌日。大介がかつて働いていたレストランを貸し切ってのささやかな披露宴の後、慶一は慌ただしく戻っていった。どうやら大学の勉強が、本当に大変らしい。

「いい式だったな」

慶一を駅まで見送り、紗奈と手を繋いで帰り道を歩く悠吾が言う。

「はい。心のこもった式でした」

先ほどの披露宴を思い出し、紗奈が答える。

それほど広い店でもないので、招待客は限られており、アットホームな雰囲気に満ちていた。

親しい人たちに祝福されて、香里も大介も本当に幸せそうで、仲睦まじく寄り添うふたりの姿に、香里の両親も涙ぐむ姿が紗奈の中で強く印象に残っている。

「次は俺たちだな」

悠吾は繋いでいる紗奈の手を揺らして「少し待たせてしまうことになるが」と申し訳なさそうに付け足す。

あの日の宣言通り、恭太郎は週明けに引責辞任を表明した。

後任に悠吾が名乗り出ることに、ある程度の反対意見を覚悟していたのだけど、悠吾の人柄や仕事ぶりに信頼を寄せる社員が多くいて、彼の社長就任を後押ししてくれている。

それには、昌史の尽力もあるのだろう。

結果、悠吾は古賀建設の社長に就任するための最終調整に忙しくしている。

「無理に式を挙げなくてもいいですよ」

紗奈としては、彼とこうして一緒にいられるだけで十分幸せなのだ。忙しいのに無理して式を挙げる必要はない。

「俺が、紗奈と結婚した実感が欲しいんだ。俺たちの結婚は、色々順番がおかしかったから」

「確かにそうですね」

そう言って、紗奈は自分の左手薬指の指輪を確かめる。

恋をする前にデートや入籍をして、結婚生活を送る中でお互いを愛するようになり、最後に指輪を贈り合った。

自分たちは色々奇妙な順番で夫婦になっていっている。

悠吾はそれが不満のようだ。

「夫婦の形は、それぞれでいいんだと思いますよ。大事なのは、人生が終わる時に大事に思える人がそばにいてくれるということじゃないですか?」

香里や大介、悠吾の両親の姿を思い出してしみじみ言う。

彼の両親は一緒に長野に移り住むことを決めて、ゆるやかに夫婦になっていこうとしている。

そして悠吾や昌史を自分の思い通りに動く駒のように扱ってきた恭太郎は、不正を暴かれ求心力を失ったことで孤独な末路を迎えようとしている。

「わかってないな」

悠吾がそうじゃないと首を横に振る。

「え?」

自分の意見のどこが間違っているのだろうかと首を傾げる紗奈に悠吾が言う。

「最後だけじゃなく、俺は紗奈と過ごす時間全てを大事にしたいと思っている。初めてのデート、パーティーでの毅然とした君の言葉、ひとつひとつの素敵な思い出を作りながら一緒に歳を重ねていきたいんだ」

そして歳を取ったら、時々そんな思い出を振り返って笑い合う夫婦でいたいと彼は言う。

「悠吾さん」

「そんな素敵な思い出のために、可愛い奥さんのウエディングドレスの姿も欠かせない」

そう言って手の甲に口付けされれば、紗奈に断る理由はない。

「思い出に残る素敵な結婚式を挙げよう」

「はい」

彼の言葉に頷き、紗奈は悠吾と手を繋いで歩いた。

END

特別書き下ろし番外編

ホワイトウエディング

二月、都内にある式場の控え室。紗奈は大きな姿見の前に立ち、自分の姿を確認する。

鏡に映る自分は、緩く編み上げた髪に百合の花を飾り、肩を露出させたAラインの純白のドレスに身を包んでいる。

プロに任せたメイクも完璧で、自分なのに自分じゃない誰かを見ているような気分だ。

(香里のフリをした時も、似たようなことを考えたよね)

紗奈は鏡を覗き込み、一年前の出来事を思い出す。

一年前、友人である香里の駆け落ちを手伝うために、紗奈は彼女の身代わりを演じた。

その席で見合い相手に絡まれたところを悠吾に助けられたことで、紗奈の人生は大きく動き出した。

最初は演技として彼のパートナーになった。一緒に時間を過ごしていく中で悠吾に惹かれていき、その出生の秘密を知ったことで、自分の想いを隠したまま彼に寄り添う覚悟をした。

心から彼を愛しているからこそ、一生片思いでもかまわないと思っていたのに……。

「お、雪だ」

これまでの日々を思い返していた紗奈は、明るく響く声に意識を浮上させる。

見ると、他の招待客と一緒では緊張すると騒いで、新婦の控え室でくつろいでいた慶一が窓に駆け寄る。

「ホント?」

紗奈もついつられて窓に近付く。

姉弟で並んで空を見上げると、灰色の空からヒラヒラと白いものが舞い降りてきている。

「今日は、やけに寒かったもんな」

空を見上げて慶一が呟く。

その言葉通り、今日は朝から空に灰色の雲に空が立ちこめ、底冷えするような寒さがあった。

その寒さは正午からの挙式を目前にしたこの時間まで続いていたが、まさか雪が降

ると は。

「積もらないよね。式に参列してくれる人の迷惑になったらどうしよう」

空を見上げて情けない顔をする紗奈を見て、慶一が笑う。

「なによ」

着付けやメイクを手伝ってくれたスタッフも退室して、部屋には紗奈と慶一しかいない。

身内の気軽さで軽く睨むと、慶一が面白そうに言う。

「自分のことより人の心配ばっかりして、姉ちゃんらしいなと思って。大企業の社長夫人になっても、なにも変わらない」

「そんなの……仕方ないじゃない」

去年、前社長の恭太郎が辞任を表明し、悠吾は古賀建設の社長に就任した。

その結果、紗奈は古賀建設の社長夫人になったのだけど、そんなことで性格が変わるわけがない。

「今日くらい、自分の幸せのことだけ考えてればいいんだよ。姉ちゃん、いっぱい頑張ってきたんだから」

むくれる紗奈に、慶一が言う。

その言い方が、死んだ父親に似ているから不思議だ。

父が亡くなった頃、慶一はまだ幼くて、話し方の癖なんて覚えているはずがないのに。

紗奈が思わず涙ぐんでいると、ノックの音が響いた。

「はい。どうぞ」

メイクが崩れないようにと目元を押さえる紗奈に代わって、慶一が返事をすると、白いタキシード姿の悠吾が顔を覗かせた。

「義兄さん、カッコいいですね」

人懐っこい笑顔を見せた慶一は、紗奈と悠吾を見比べると、「義兄さんの家族に挨拶してくるね」と言って部屋を出ていく。

去年のゴールデンウィークに顔を合わせて以降、人懐っこい慶一は、悠吾の両親ともすっかり仲よくなり、夏休みにはひとりで悠吾の両親が暮らす長野に泊まりにも行ったそうだ。

「気を遣わせてしまったかな?」

「そんなことないですよ」

「式の前に、どうしても紗奈の顔が見たくて」

慶一と入れ違いで紗奈の隣に立つ悠吾は、空を見上げて「雪か」と呟いた。

「光が射しているから、積もるほどじゃないな。交通に影響が出る心配はなさそうでよかったよ」

自分と同じように最初にそこを心配する悠吾に、今度は紗奈が笑ってしまう。

「なに？」

クスクス笑う紗奈に、悠吾が聞く。

「悠吾さんと結婚できた幸せを噛みしめているんです」

胸に湧く感情を言葉で表すとすれば、その一言に尽きる。

生まれた環境も、抱える苦労も全然違うのに、自分たちは価値観が近い。

こんな人に出会えたことに、心から感謝している。

「俺も同じ気持ちだよ。紗奈と結婚したことで、俺のいる世界に光が射した」

「悠吾さん」

悠吾は、紗奈の手を取って続ける。

「改めて、俺の……俺たちの家族になってくれてありがとう。紗奈や慶一君の存在が、我が家に光を届けてくれた」

その言葉に、紗奈は涙目で首を横に振る。

一年前の自分は、自分の力で慶一を医大に通わせなくてはいけないと、必死にもがいていた。

でも今は、悠吾が一緒に支えてくれる。

その幸せを確かめるように、ふたりは唇を重ねた。

そして、ほどなくして式が始まる。

「僕なんかが、介添え人でごめんね」

重厚な木製の扉の前で紗奈に謝るのは、紗奈の母の再婚相手である本間修司(ほんましゅうじ)という男性だ。

去年母と再婚した彼は、自分が新婦の隣を歩くことを、亡くなった紗奈の父親に申し訳ないと恐縮し続けている。

「いえ。本間さんも、私の大事な家族ですから」

紗奈は素直な気持ちでそう答えた。

正直な気持ちとして、彼を『お父さん』と呼ぶことには抵抗がある。

それでも、血の繋がりだけが家族の絆を証明するものではないことも、紗奈は知っている。

家族に必要なのは、相手を思いやる気持ちなのだと、昌史が教えてくれた。

「お時間です」

扉の前に控えていた式場のスタッフに声をかけられ、紗奈は「今日はありがとうございます」と声をかけて、本間の腕に自分の腕を絡める。

それを合図に扉が左右に開かれ、荘厳なパイプオルガンの音色と共に、盛大な拍手が紗奈たちを迎える。

慶一に母の明奈、昌史夫妻に、香里夫妻とみゆき。その他の多くの参列者が、自分たちの結婚を祝福してくれている。

参列者たちの間に延びるバージンロードを本間と腕を組み進んだ先で、悠吾が紗奈へと手を伸ばす。

祭壇の先、天井まで続く開放的な窓の向こうでは、雪がやみ空から光の筋が射している。

光のカーテンのような柔らかな日差しを背に、悠吾が微笑む。

本間から離れ、悠吾の手を取って言う。

「これからたくさん、素敵な思い出を作って、一緒に歳を重ねていきましょうね」

紗奈のその言葉に、悠吾は蕩けそうな笑みを浮かべる。

「幸せになろう」

彼のその言葉に頷いて、ふたりで祭壇へと視線を向けた。

紗奈と悠吾が結婚することがなければ、出会うことのなかった人たちが、今この場所に集っている。

その幸せを噛みしめながら、ふたりでその先へと歩み出す。

END

あとがき

はじめましての方も、お久しぶりの方も、冬野まゆと申します。よろしくお願いいたします。

この度は『コワモテ御曹司の愛妻役は難しい～演技のはずが、旦那様の不器用な溺愛が溢れてます⁉～』を、お手に取っていただきありがとうございます。

ベリーズ文庫様では三冊目になるこのお話は、お互いの事情により契約夫婦になった悠吾と紗奈が、時間をかけて深い恋愛感情を育み、その後も、お互いを思っているからこそ愛していない演技を続けるじれじれ両片思いというストーリーでした。

楽しんでいただけたでしょうか？

存在感のある悠吾と、はかなげな紗奈が魅力的なASH様のカバーイラストに負けないくらい面白かったって言ってもらえたらうれしいな。ASH様のイラスト、素敵ですよね。ラフの段階から、萌っとしていました。

ちなみに、私の中での一番の役者は昌史です（笑）。

余談ですが、原稿直しの最中、自分の言語能力の低さに頭を抱えて、東京の方角に向かって「ごめんなさい」と、何度も叫んでいました。

担当様と校閲様には、本当に頭が下がります。

最後になりますが、この本を手に取ってくださった読者様、置いてくださった書店様、カバーイラストを描いてくださったＡＳＨ様、取次様、担当様と校閲様（本当にご迷惑おかけしているので、二回言わせていただきます）、出版に携わってくださった全ての皆様に心から感謝しております。

本当にありがとうございます。

またお会いできる機会があるとうれしいです。

冬野（とうの）まゆ

冬野まゆ先生への
ファンレターのあて先

〒104-0031
東京都中央区京橋1-3-1
八重洲口大栄ビル7F
スターツ出版株式会社　書籍編集部　気付

冬野まゆ先生

本書へのご意見をお聞かせください

お買い上げいただき、ありがとうございます。
今後の編集の参考にさせていただきますので、
アンケートにお答えいただければ幸いです。

下記URLまたは二次元コードから
アンケートページへお入りください。
https://www.ozmall.co.jp/enquete/IndexTalkappi.aspx?id=2301

コワモテ御曹司の愛妻役は難しい
〜演技のはずが、旦那様の不器用な溺愛が溢れてます⁉〜

2025年1月10日　初版第1刷発行

著　者　冬野まゆ
©Mayu Touno 2025

発行人　菊地修一

デザイン　hive & co.,ltd.

校　正　株式会社鷗来堂

発行所　スターツ出版株式会社
〒104-0031
東京都中央区京橋1-3-1　八重洲口大栄ビル7F
TEL　03-6202-0386（出版マーケティンググループ）
TEL　050-5538-5679（書店様向けご注文専用ダイヤル）
URL　https://starts-pub.jp/

印刷所　大日本印刷株式会社

Printed in Japan

乱丁・落丁などの不良品はお取替えいたします。
上記出版マーケティンググループまでお問い合わせください。
定価はカバーに記載されています。

ISBN 978-4-8137-1688-4　C0193

ベリーズ文庫 2025年1月発売

『ドSな年下御曹司が従順ワンコな仮面を被って迫ってきます～契約妻なのに、これ以上は溺愛致死量です!～』佐倉伊織・著

製薬会社で働く香乃子には秘密がある。それは、同じ課の後輩・御堂と極秘結婚していること！　彼は会社では従順な後輩を装っているけれど、家ではドSな旦那様。実は御曹司でもある彼はいつも余裕たっぷりに香乃子を翻弄し激愛を注いでくる。一見幸せな毎日だけど、この結婚にはある契約が絡んでいて…!?

ISBN 978-4-8137-1684-6／定価836円（本体760円＋税10%）

『一途な海上自衛官は時を超えた最愛で初恋妻を離さない～100年越しの再愛～【自衛官シリーズ】』皐月なおみ・著

小さなレストランで働く芽衣。そこで海上自衛官・晃輝と出会い、厳格な雰囲気ながら、なぜか居心地のいい彼に惹かれるが芽衣は過去の境遇から彼と距離を置くことを決意。しかし彼の限りない愛が溢れ出し…「俺のこの気持ちは一生変わらない」――芽衣の覚悟が決まった時、ふたりを固く結ぶ過去が明らかに…!?

ISBN 978-4-8137-1685-3／定価836円（本体760円＋税10%）

『御曹司様、あなたの子ではありません!～双子がパパそっくりで隠し子になりませんでした～』伊月ジュイ・著

双子のシングルマザーである楓は育児と仕事に一生懸命。子どもたちと海に出かけたある日、かつての恋人で許嫁だった皇樹と再会。彼の将来を思って内緒で産み育てていたのに――「相当あきらめが悪いけど、言わせてくれ。今も昔も愛しているのは君だけだ」と皇樹の一途な溺愛は加速するばかりで…!?

ISBN 978-4-8137-1686-0／定価825円（本体750円＋税10%）

『お飾り妻は本日限りでお暇いたします～離婚するつもりが、気づけば愛されてました～』華藤りえ・著

名家ながら没落の一途をたどる沙織の実家。ある日、ビジネスのため歴史ある家名が欲しいという大企業の社長・瑛士に一億円で「買われる」ことに。愛なき結婚が始まるも、お飾り妻としての生活にふと疑問を抱く。自立して一億円も返済しようとついに沙織は離婚を宣言！　するとなぜか彼の溺愛猛攻が始まって!?

ISBN 978-4-8137-1687-7／定価825円（本体750円＋税10%）

『コワモテ御曹司の愛妻役は難しい～演技のはずが、旦那様の不器用な溺愛が溢れてます!?～』冬野まゆ・著

地味で真面目な会社員の紗奈。ある日、親友に頼まれ彼女に扮してお見合いに行くと相手の男に襲われそうに。助けてくれたのは、勤め先の御曹司・悠吾だった！紗奈の演技力を買った彼に、望まない縁談を避けるためにと契約妻を依頼され!?見返りありの愛なき結婚が始まるも、次第に悠吾の熱情が露わになって…。

ISBN 978-4-8137-1688-4／定価836円（本体760円＋税10%）

ベリーズ文庫 2025年1月発売

『黒歴史な天才外科医と結婚なんて困ります！なのに、拒否権ナシで溺愛不可避!?』泉野（いずみの）あおい・著

大学で働く来実はある日、ボストンから帰国した幼なじみで外科医の修と再会する。過去の恋愛での苦い思い出がある来実は、元カレでもある修を避け続けるけれど、修は諦めないどころか、結婚宣言までしてきて…!?　彼の溺愛猛攻は止まらず、来実は再び修にとろとろに溶かされていき…！

ISBN 978-4-8137-1689-1／定価825円（本体750円＋税10%）

『交際0日婚でクールな外交官の独占欲が露わになって――激愛にはもう抗えない』朝永（ともなが）ゆうり・著

駅員として働く映茉はある日、仕事でトラブルに見舞われる。焦る映茉を助けてくれたのは、同じ高校に通っていて、今は外交官の祐駕だった。映茉に望まぬ縁談があることを知った祐駕は突然、それを断るための偽装結婚を提案してきて!?　夫婦のフリをしているはずが、祐駕の視線は徐々に熱を孕んでいき…!?

ISBN 978-4-8137-1690-7／定価825円（本体750円＋税10%）

『極上スパダリと溺愛婚～年下御曹司・冷酷副社長・執着ドクター編～【ベリーズ文庫溺愛アンソロジー】』

人気作家がお届けする〈極甘な結婚〉をテーマにした溺愛アンソロジー！　第1弾は「葉月りゅう×年下御曹司とのシークレットベビー」、「櫻御ゆあ×冷酷副社長の独占欲で囲われる契約結婚」、「宝月なごみ×執着ドクターとの再会愛」の3作を収録。スパダリの甘やかな独占欲に満たされる、極上ラブストーリー！

ISBN 978-4-8137-1691-4／定価814円（本体740円＋税10%）

ベリーズ文庫 2025年2月発売予定

Now Printing

『タイトル未定（パイロット×偽装結婚）』若菜モモ・著

大手航空会社ANNの生真面目CA・七海は、海外から引き抜かれた敏腕パイロット・透真がちょっぴり苦手。しかしやむを得ず透真と同行したパーティーで偽装妻をする羽目になり…!?　彼の新たな一面を知るたび、どんどん透真に惹かれていく七海。愛なき関係なのに、透真の溺愛も止まらず翻弄されるばかりで…！

ISBN 978-4-8137-1697-6／予価814円（本体740円＋税10%）

Now Printing

『元カレ救命医に娘ともども愛されています』砂川雨路・著

OLの月子は、大学の後輩で救命医の和馬と再会する。過去に惹かれ合っていた2人は急接近！　しかし、和馬の父が交際を反対し、彼の仕事にも影響が出るとを知った月子は別れを告げる。その後妊娠が発覚し、ひとりで産み育てていたところに和馬が現れて…。娘ごと包み愛される極上シークレットベビー！

ISBN 978-4-8137-1698-3／予価814円（本体740円＋税10%）

Now Printing

『冷徹御曹司の旦那様が「君のためなら死ねる」と言い出しました』葉月りゅう・著

調理師の秋華は平凡女子だけど、実は大企業の御曹司の桐人が旦那様。彼にたっぷり愛される幸せな結婚生活を送っていたけれど、ある日彼が内に秘めていた"秘密"を知ってしまい――！　「死ぬまで君を愛すことが俺にとっての幸せ」溺愛が急加速する桐人は、ヤンデレ気質あり!?　甘い執着愛に囲われて…！

ISBN 978-4-8137-1699-0／予価814円（本体740円＋税10%）

Now Printing

『鉄仮面の自衛官ドクターは男嫌いの契約妻にだけ激甘になる【自衛官シリーズ】』晴日青・著

元看護師の律。4年前男性に襲われかけ男性が苦手になり辞職。だが、その時助けてくれた冷徹医師・悠生と偶然再会する。彼には安心できる律に、悠生が苦手克服の手伝いを申し出る。代わりに、望まない見合いを避けたい悠生と結婚することに!?　愛なきはずが、悠生は律を甘く包みこむ。予期せぬ溺愛に律も堪らず…！

ISBN 978-4-8137-1700-3／予価814円（本体740円＋税10%）

Now Printing

『秘め恋10年～天才警視正は今日も過保護～』藍里まめ・著

何事も猪突猛進！な頑張り屋の葵は、学生の頃に父の仕事の関係で知り合った十歳年上の警視正・大和を慕い恋していた。ある日、某事件の捜査のため大和が葵の家で暮らすことに!?　"妹"としてしか見られていないはずが、クールな大和の瞳に熱が灯って…！　「一人の男として愛してる」予想外の溺愛に息もつけず…！

ISBN 978-4-8137-1701-0／予価814円（本体740円＋税10%）

タイトル、価格等は変更になることがございますのでご了承ください。

ベリーズ文庫 2025年2月発売予定

Now Printing

『ベリーズ文庫溺愛アンソロジー』

人気作家がお届けする〈極甘な結婚〉をテーマにした溺愛アンソロジー第2弾！　「滝井みらん×初恋の御曹司との政略結婚」、「きたみ まゆ×婚約破棄から始まる敏腕社長の一途愛」、「木登×エリートドクターとの契約婚」の3作を収録。スパダリに身も心も蕩けるほどに愛される、極上の溺愛ストーリー！

ISBN 978-4-8137-1702-7／予価814円（本体740円＋税10%）

Now Printing

『捨てられた恥さらし王女、闇落ちした異国の最恐王子に求婚される』朧月あき・著

精霊なしで生まれたティアのあだ名は"恥さらし王女"。ある日妹に嵌められ罪人として国を追われることに！　助けてくれたのは"悪魔騎士"と呼ばれ恐れられるドラーク。黒魔術にかけられた彼をうっかり救ったティアを待っていたのは――実は魔法大国の王太子だった彼の婚約者として溺愛される毎日で!?

ISBN 978-4-8137-1703-4／予価814円（本体740円＋税10%）

ベリーズ文庫with 2025年2月発売予定

Now Printing

『君の隣は譲らない』佐倉伊織・著

おひとりさま暮らしを満喫する26歳の万里子。ふらりと出かけたコンビニの帰りに鍵を落とし困っていたところを隣人の沖に助けられる。話をするうち、彼は祖母を救ってくれた恩人であることが判明。偶然の再会に驚くふたり。その日を境に、長年恋から遠ざかっていた万里子の日常は淡く色づき始めて…!?

ISBN 978-4-8137-1704-1／予価814円（本体740円＋税10%）

Now Printing

『恋より仕事と決めたのに、エリートな彼が心の壁を越えてくる』宝月なごみ・著

おひとり様を謳歌するため、憧れのマンションに引っ越したアラサーOL・志都。しかし志都が最も苦手とするキラキラ爽やか系エリート先輩・昴矢とご近所になってしまう。極力回避したかったのに…なぜか昴矢と急接近!?　「君を手に入れるためなら、悪い男になるのも辞さない」と不器用ながらも情熱的な愛を注がれて…！

ISBN 978-4-8137-1705-8／予価814円（本体740円＋税10%）

タイトル、価格等は変更になることがございますのでご了承ください。